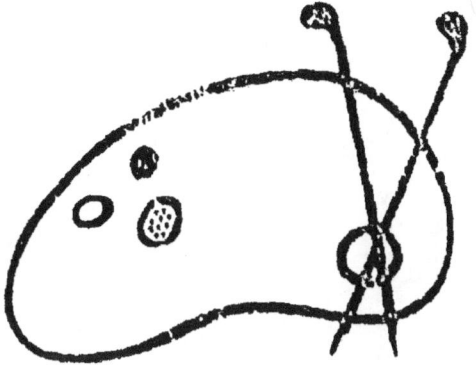

Début d'une série de documents
en couleur

COUVERTURES SUPERIEURE ET INFERIEURE D'IMPRIMEUR

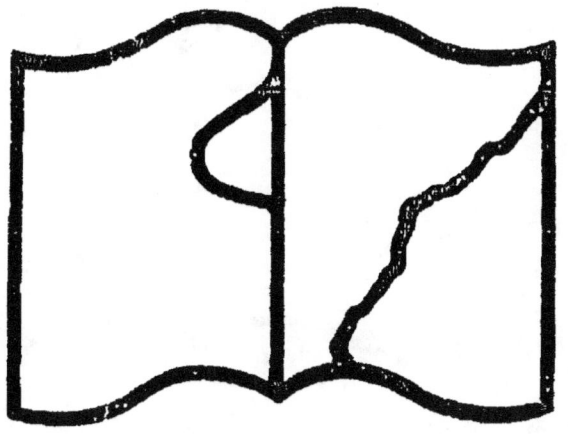

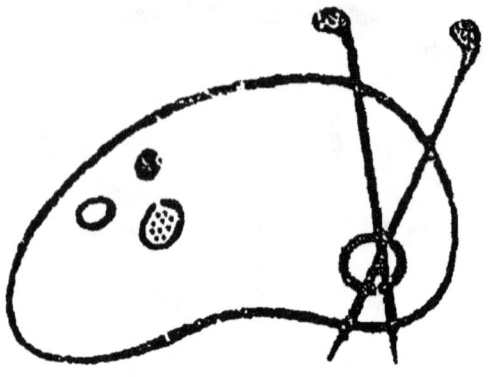

Fin d'une série de documents
en couleur

CONTES

A MES PETITES AMIES

4e SÉRIE GRAND IN 8o.

J. N. BOUILLY

CONTES

A MES PETITES AMIES

ÉDITION REVUE

PAR E. DU CHATENET.

LIMOGES

EUGÈNE ARDANT ET Cᶦᵒ, ÉDITEURS.

CONTES
A MES PETITES AMIES

LE PÈRE DANIEL.

C'est une grande erreur et souvent une grande injustice, que de juger des personnes qu'on rencontre dans le monde d'après leur extérieur. L'être le plus obscur, le plus disgracié de la nature, cache quelquefois, sous des vêtements grossiers et des difformités ridicules, les qualités les plus rares, que ne possèdent pas ceux-là mêmes qui l'accablent de leurs mépris.

Amélie Dorval habitait, une grande partie de l'année, la jolie terre de la Plaine, située à une lieue et demie de la ville de Tours, sur les délicieux bords de la Loire. Fille unique de la plus tendre mère occupée constamment à diriger son éducation, elle en avait déjà la grâce, l'aménité. Elle était bonne, affable pour tout le monde. Jamais elle ne dédaignait le pauvre qui venait

réclamer assistance, ni aucun des gens attachés
à son service. On la voyait jouer avec les enfants
des jardiniers, avec les petits voisins fils d'agriculteurs ou d'honnêtes ouvriers, sans jamais leur
faire sentir qu'ils étaient d'une classe inférieure
à la sienne. Elle avait appris de son excellente
mère que Dieu dispense, à son gré, les faveurs
du rang et de la fortune, et que, tous égaux aux
yeux du Créateur, nous ne nous faisons estimer
et chérir que par l'élévation de notre âme et la
délicatesse de nos sentiments.

Aussi la jeune Amélie était-elle aimée, consi-
dérée de tout le petit peuple qui l'entourait, et
pour lequel on la voyait toujours être la même.
C'était à qui lui offrirait les meilleurs fruits des
vergers, les plus belles fleurs des jardins. Décou-
vrait-on dans le parc un nid de chardonnerets,
de linottes, de tourterelles, aussitôt il lui était
indiqué. Parvenait-on, en fauchant les fertiles
prairies qu'arrose la Loire, à prendre des cailles,
le petits lapins, déjà vigoureux à la course, tout
était offert à la bonne Amélie. Elle avait formé
une espèce de ménagerie de tous les dons qu'elle
avait reçus.

Parmi les personnes attachées au service de
madame Dorval était un pauvre vieillard infirme

appelé *Daniel*. A force de bêcher la terre depuis quatre-vingts ans, il avait le dos voûté; sa tête, où il ne restait plus que quelques cheveux blancs échappés à l'ardeur du soleil, était penchée vers ses pieds couverts de durillons, qui ralentissaient encore sa marche vacillante. Ses pauvres jambes, affaiblies par la fatigue et par l'âge, supportaient, non sans effort, son corps décharné, et ses mains tremblantes soutenaient à peine le bâton noueux sur lequel il s'appuyait. Toutefois il n'avait aucune autre infirmité. On le rencontrait toujours gai, travaillant autant que ses forces pouvaient le permettre, et chevrotant la vieille chanson du pays.

Trop fier, quoique pauvre, pour être à charge à ses maîtres, il savait encore se rendre utile, soit en arrachant les herbes parasites qui croissaient dans le parterre, soit en ratissant les principales allées des bosquets, émondant les arbrisseaux les plus rares, et portant un arrosoir à moitié plein, pour rafraîchir les rosiers de toutes espèces et les plantes étrangères que réunissait le jardin particulier d'Amélie. C'était son occupation chérie; il n'était jamais plus heureux que lorsqu'il entendait sa jeune maîtresse, qu'il appelait toujours la *p'tite mam'zelle*, dire à ceux qui

s'étonnaient de l'admirable tenue de son jardin :
« C'est l'ouvrage du *père Daniel*. » On le nommait ainsi dans toute la contrée, où l'on admirait
son aptitude au travail, sa gaieté franche et son
heureux naturel. Tous les jeunes pâtres le sa-
luaient avec respect : chacun d'eux ambitionnait
un sourire, un serrement de main du père Daniel. Tant il est vrai que la vieillesse imprime
partout un respect qui est indépendant des vertus dont elle offre l'exemple.

On conçoit que ce digne vieillard avait un
grand attachement pour la p'tite mam'zelle, qu'il
avait vue naître, dont il avait servi le père et le
grand-père. Jamais il ne passait devant elle sans
lui ôter son chapeau rapiécé, sans lui offrir le bonjour le plus affectueux. Amélie, de son côté, portait au père Daniel le plus tendre intérêt. Elle
s'informait toujours si rien ne lui manquait, et
souvent elle le conduisait elle-même à l'office, où
elle lui versait une rasade du meilleur vin, qui le
réconfortait; il le buvait de bon cœur, en invo-
quant le ciel pour le bonheur et la conservation
de celle qui savait si bien soutenir, honorer sa
vieillesse.

Parmi les jeunes personnes du voisinage et de
la ville de Tours qui formaient habituellement la

société d'Amélie, et que sa prévoyante mère avait
admises comme les plus dignes de cultiver avec
sa fille les doux épanchements de l'amitié, était
Célestine de Montaran, née d'une famille distinguée par des services militaires. Elle cachait
sous des dehors aimables un orgueil indomptable, et surtout un dédain outrageant pour tous
les gens qui appartenaient à la classe populaire.
Elle s'imaginait qu'ils étaient formés d'une tout
autre substance que la sienne, qu'ils n'avaient ni
son âme, ni son intelligence, ni ses organes. L'insensée! elle ignorait donc que nous sommes tous
faits sur le même modèle, avec plus ou moins de
perfection ; que nous sommes tous sujets aux
mêmes besoins, aux mêmes infirmités, et qu'a-
près avoir voyagé dans ce monde, les uns à pied,
les autres sur des chars brillants, nous nous re-
trouvons, dans l'autre, dépouillés de ces hochets
de la grandeur et de l'opulence, tous égaux, tous
soumis au jugement de Dieu, qui ne distinguera
que ceux dont la vie aura été sans tache, et qui
ne seront riches alors que du bien qu'ils auront
fait...

Mais la vaine Célestine ne connaissait que l'antique origine de ses ancêtres, ne calculait que les
riches revenus de sa mère, veuve d'un officier de

marine, et dont elle était l'idole, l'unique espoir.
Peu instruite et seulement remarquable par des
talents d'agrément, la jeune Montaran faisait
consister le bonheur dans l'éclat et la richesse;
et ses yeux éblouis ne regardaient que comme
des esclaves faits pour ramper sur la terre tous
ceux que le sort assujétissait à vivre du travail
de leurs mains.

Un jour qu'Amélie et Célestine se promenaient
ensemble dans une allée du parc, devant elles
passe le père Daniel, couvert de pauvres vêtements, et portant sur son dos courbé l'instrument
avec lequel il avait l'habitude de parer les jardins. Il salue sa jeune maîtresse, et lui dit, avec
l'expression du respect et de l'attachement le
plus tendre : « Dieu vous conserve, p'tite mam'-
zelle! — Quoi! dit Célestine à celle-ci, tu souffres
que ce pauvre t'appelle sa petite! — C'est par
habitude, répond en souriant Amélie : il m'a vue
naître; c'est le plus ancien serviteur de ma mère; et le salut d'un octogénaire n'a jamais rien
de déshonorant. — Pour moi, ma chère, je ne
laisse point ces sortes de gens m'aborder, et je
leur permets encore moins de m'adresser la parole. Je les fais assister par ma femme de chambre, et me garde bien de me compromettre en

leur adressant un seul mot. — Mais le père Daniel n'est point un étranger pour moi : c'est un ancien jardinier de ma mère, qui, pour récompense de ses longs services, lui a accordé une retraite qu'il n'eût point acceptée, s'il n'eût pas cru la mériter : il est trop fier pour cela ; et, tel que tu le vois, Célestine, il ne supporterait pas la moindre humiliation. — Mais, encore une fois, ma chère, on place ces gens-là dans quelque hospice, et l'on évite, par ce moyen, leurs fatigantes familiarités. — Un hospice pour un digne vieillard qui a servi ma famille pendant un demi-siècle? ce serait l'humilier, lui faire rompre ses chères habitudes : ce serait lui donner la mort. »

Quelque temps s'écoula, pendant lequel les deux petites amies s'entretenaient souvent du pauvre vieillard. Amélie le traitait toujours comme un bon et fidèle serviteur, tandis que Célestine ne cessait de le regarder comme un être inutile sur la terre, et de le traiter avec dédain. Jamais elle ne répondait à son salut que par un regard plein de mépris ; et, si quelquefois le père Daniel osait lui adresser la parole, elle lui tournait le dos et s'éloignait sans lui répondre. Le bon vieillard souriait de pitié, et semblait demander tout bas au ciel de lui procurer l'occasion

de prouver à la jeune orgueilleuse que, malgré
son grand âge, il pouvait être encore de quelque
utilité.

La Providence lui permit de donner à Célestine
une leçon tout à la fois forte et touchante, qui
levait servir à la convaincre que nous avons tous
besoin les uns des autres, quelle que soit la distance que le sort semble avoir mise entre nous.
On était au mois de juillet; la chaleur était extrême. Les deux jeunes amies avaient coutume d'aller respirer le frais dans une île charmante, om-
bragée par des arbres très-élevés, entourée d'une
eau limpide et courante, et dans laquelle est éta-
b.ie une grotte solitaire en face d'un moulin dont
l'aspect est ravissant. Un gazon épais y répand
en tout temps une fraîcheur salutaire; la suave
odeur des arbrisseaux en fleurs, dont les touffes
nombreuses caressent le visage, semble y attirer
la douce haleine des zéphyrs, et le bruit des eaux
irritées par les roues du moulin, et les différentes
cascades dont il est environné, forment un murmure délicieux qui invite au charme d'une douce
rêverie. Amélie et Célestine y venaient ensemble
faire des lectures choisies par leur mère; quelquefois même elles y répétaient la leçon d'histoire qu'elles avaient reçue la veille.

Un jour que Célestine, entraînée par le calme
du matin, avait devancé son amie à la grotte solitaire et qu'en l'attendant elle repassait une leçon d'anglais, elle s'endormit sur un banc de
mousse, où déjà les plus heureux songes venaient
bercer son imagination. Elle n'avait pas aperçu
le père Daniel, qui, placé à quelque distance,
raccommodait un treillage couvert de chèvre-
feuille, de lilas et d'aubépine.

Mais souvent, au moment même où nous rê-
vons le bonheur, le plus grand danger nous menace. Un énorme serpent, se glissant sous des
roseaux, la gueule béante et le dard en avant,
s'approchait, en longs replis, de la jeune dor-
meuse, qu'il avait aperçue. Il allait s'élancer sur
la figure de Célestine, et l'infecter du poison mortel qu'il recélait sous sa dent venimeuse, lorsque
le père Daniel, qui, par un coup de la Providence, venait couper quelques joncs pour terminer
son treillage, pousse un cri perçant qui réveille
Célestine. Il s'élance sur l'affreux reptile et l'attaque avec intrépidité. Le peu de forces qui lui
restent semblent doubler en cet instant, et, au
risque d'être victime de son courage, il lui casse
la tête avec la bêche dont il est armé. Aux nouveaux cris de frayeur qu'il exhale, et à la vue du

serpent qui se débat encore en expirant, Célestine pâlit et tombe sans connaissance dans les bras
du courageux vieillard. Celui-ci, effrayé lui-même, crie, appelle au secours. Amélie accourt en
ce moment; elle aide Daniel, déjà vacillant sur
ses jambes, à soutenir sa jeune amie, qui reprend
ses sens et se trouve appuyée sur le dos voûté du
pauvre jardinier dont elle s'était moquée tant de
fois. Elle le désigne comme son libérateur; elle
ne dédaigne plus ce bon père Daniel qu'elle
croyait n'être d'aucune utilité sur la terre; elle
ne craint plus de s'abaisser en lui parlant. Avec
quelle ivresse elle presse dans ses mains délicates
et parfumées les mains noires et durillonnées de
son généreux défenseur! Elle s'oublia même,
dans l'effusion de sa reconnaissance, jusqu'à poser ses lèvres sur le front chauve et ridé de ce
fidèle serviteur, auquel elle voua un attachement
qui ne se démentit jamais. Elle se faisait un devoir de soutenir ce vieillard dans sa marche; elle
répétait sans cesse qu'elle lui devait la vie. A
partir de cette époque, elle honora, secourut la
vieillesse, même dans la classe la plus obscure;
et, chaque fois qu'elle voyait les jeunes personnes de son âge rire d'un agriculteur courbé sous
le poids de l'âge, ou repousser avec dédain un

vieil indigent qui implorait leur assistance, elle les blâmait à son tour, et se rappelait le *père Daniel.*

LA SOURIS BLANCHE.

Laure Melval, âgée de dix ans, réunissait tout ce qui peut faire remarquer dans le monde : une éducation soignée, un heureux caractère, une humeur enjouée, une sensibilité vraie, et surtout un attachement sans bornes pour sa mère. Jamais la moindre humeur ne venait altérer ses qualités aimables ; et, si quelquefois un mouvement de contrariété paraissait sur sa figure, il en disparaissait aussitôt, comme un nuage léger qui se glisse passagèrement sous un ciel pur et serein.

Cependant, à travers tous ces avantages dont la nature avait pris plaisir à doter Laure, on apercevait une faiblesse d'esprit qu'elle portait jusqu'au ridicule : c'était une frayeur pusillanime, une peur insurmontable que lui causaient les animaux les plus petits, les insectes mêmes qui, par

leur nature autant que par leur petitesse, ne peuvent faire le moindre mal. Apercevait-elle un pa-
pillon de nuit dans le salon, voltigeant autour de
la lampe allumée, elle poussait des cris affreux,
et s'imaginait que ce timide insecte, seulement
trompé par l'éclat de la lumière, allait la dévo-
rer. Mais c'était bien pis quand par hasard une
chauve-souris s'introduisait dans son appartement : quoique le pauvre animal, d'une forme
hideuse, il est vrai, ne cherchât qu'une issue par
laquelle il pût se sauver, la jeune peureuse était
convaincue qu'il n'était parvenu jusqu'à elle que
pour la saisir dans ses serres rousses et velues,
et l'emporter dans les airs. C'est en vain que
madame de Melval faisait observer à sa fille que
cette chauve-souris, grosse à peine comme la
moitié de sa main, ne pouvait soulever un poids
deux mille fois plus pesant qu'elle. Laure, pâle
et tremblante, soutenait que ce monstre affreux
était venu pour lui arracher les yeux, ou tout au
moins les oreilles ; et, se couvrant alors le visage
de ses mains, elle se réfugiait dans le sein de sa
mère, et ne relevait sa tête en hésitant que lorsque celle-ci lui avait donné l'assurance que la
chauve-souris avait disparu, en s'envolant par la
cr . Il ne se passait pas de jour que la jeune

insensée ne fit quelque scène nouvelle qui donnait aux traits de son visage un mouvement con-
vulsif, à son regard un vague hébété, à son maintien une attitude gauche et forcée, et qui, nuisant
au développement de son intelligence et au pro-
grès de son éducation, causait a madame de
Melval un chagrin profond, une douloureuse inquiétude.

Un jour, entre autres, c'était un beau soir de
l'été, au moment où Laure allait se mettre au lit,
elle relève l'oreiller sur lequel elle devait poser
sa tête, et tout-à-coup elle en voit sortir une souris qui grimpe sur son épaule, passe sur son cou,
descend sur ses bras et s'enfuit avec une frayeur
qui n'était rien en comparaison de celle qu'éprouvait Laure. Elle fait entendre des cris déchirants,
et prononce ces mots d'une voix entrecoupée :
« Au secours !... au meurtre !... je suis perdue...
je suis dévisagée... je suis morte !... » A ces cris,
accourent tous les gens, et bientôt la mère de la
jeune peureuse, qu'elle trouve appuyée sur le
pied de son lit, la figure enveloppée dans ses
draps et son couvre pieds, suffoquant et respirant
à peine. « Eh ! quel est donc l'horrible assassin
qui en veut à tes jours ? » lui demande madame
de Melval en regardant de tous côtés. « Ah ! ma-

man... ne m'interroger pas... cet affreux animal... ce monstre epouvantable... — Eh bien! c'est? — Une souris, maman... oui, une souris, dont les yeux étaient flamboyants... sa queue avait... une aune de long... elle a effleuré mon cou, mes oreilles, mes bras... ah! c'est fait de moi! » Madame de Melval ne put s'empêcher de pousser un grand éclat de rire qui fit relever un peu la tête de Laure. D'abord elle se tâte les oreilles, pour s'assurer que la souris ne lui en a pas emporté au moins une : puis elle porte en tremblant la main à son cou, qu'elle s'imaginait être ulcéré par la trace qu'y avait laissée la souris ; enfin elle attache ses regards avides sur ses bras, et ne peut y découvrir la moindre rougeur, la moindre altération. Elle reconnut alors son erreur, et ne put s'empêcher de sourire elle-même de sa pusillanimité. A son étonnement succéda la confusion, et bientôt elle conçut le dessein de dompter ces frayeurs enfantines et cette faiblesse d'esprit, qui l'eussent rendue l'objet des railleries les plus amères, tout en altérant les aimables qualités qu'elle avait reçues de la nature. Madame de Melval s'occupa, de son côté, à corriger sa fille de ses frayeurs ridicules, à lui donner cette réflexion si utile sur tout ce qui nous frap-

pe, cette force de caractère sans laquelle nous
nous aveuglons sur ce qui peut en effet nous être
nuisible, et qui nous met au-dessus de ces craintes puériles.

Un jour que Laure vint, selon son usage, offrir à sa mère le bonjour du matin, elle aperçut
une souris qui courait çà et là dans l'appartement. Un cri de frayeur lui échappe; mais quelle
fut sa surprise de voir cette souris grimper sur
les genoux de madame de Melval, de là monter
sur ses épaules, sur sa tête, en redescendre avec
la vivacité de l'éclair, et se cacher sous sa collerette! Elle avait remarqué que cette souris était
blanche, qu'elle avait des yeux roses, et portait
au cou un petit collier d'argent sur lequel était
gravée une inscription. Ce qui surtout confondit
la jeune peureuse, ce fut d'entendre sa mère appeler : « Zizi!... Zizi!... » et aussitôt la charmante petite bête, sortant de l'endroit où elle
s'était réfugiée, venait se poser sur la main de
sa maîtresse, dans l'attitude la plus familière et
en même temps la plus gracieuse, faisait mille
gambades pour gagner un petit morceau de sucre que celle-ci lui présentait au bout de ses
doigts, et que Zizi prenait avec une précaution
tout-à-fait remarquable. Ce ne fut pas seulement

à tout cela que la souris blanche borna son manége accoutumé : Laure, stupéfaite, attentive, la
vit tour à tour, au commandement de sa mère,
faire la morte se réveiller tout-à-coup, et, se re-
dressant sur ses deux pattes de derrière, saisir
avec celles de devant un joli petit balai, avec
lequel elle nettoyait, de la manière la plus adroite
et en même temps la plus comique, la poussière
qui se trouvait sur les vêtements de sa maîtresse. De là elle remontait sur la tête de celle-ci,
passait et repassait comme un léger zéphir dans
les boucles de cheveux formées sur son front; elle
caressait ensuite avec sa queue le dessous du
menton de madame de Melval, souriant à cet
étrange manége, et venait se poser sur une de ces
épaules, où elle semblait attendre ses ordres.
« Quoi! s'écria Laure involontairement, ces petits animaux que je trouvais si vilains, et dont
j'avais tant de frayeur, seraient susceptibles
d'être aussi bien apprivoisés?... » A ces mots,
elle avançait, en tremblant encore, la main vers
Zizi, et la retirait aussitôt avec crainte. Oh! si
elle n'eût pas été retenue par sa peur insurmontable, avec quel plaisir elle eût offert elle-même
un morceau de sucre à la souris blanche, et eût
vu cette charmante petite bête se poser sur

sa main, sur ses bras, sur sa tête, obéir à ses ordres !

Ce qui surtout piquait sa curiosité, c'était de savoir quelle pouvait être l'inscription gravée sur son collier d'argent ; mais les lettres en étaient si petites, et les mouvements de Zizi si prompts et si fréquents, qu'il était impossible de distinguer la moindre chose. Enfin, après avoir hésité longtemps à s'approcher de la souris blanche, Laure s'habitua par degrés à ses bonds fréquents, à ses gambades, aux différents exercices qu'on lui avait appris : peu à peu elle la vit sans effroi rôder autour d'elle ; et, un soir que, ravie de voir la souris faire la morte, elle laissa malgré elle échapper ces mots : « Zizi !... Zizi ! » elle la sentit tout-à-coup monter sur ses genoux, sur sa tête, redescendre sur son épaule, s'y poser, s'y nettoyer le museau avec ses pattes de devant, puis venir sur sa main y prendre le petit morceau de sucre accoutumé. Ce fut alors que la peureuse, plus d'à moitié guérie, put lire l'inscription gravée sur le collier de la souris, et qui portait ces mots : « J'appartiens à Laure. »

— Oui, s'écria celle-ci avec une joie involontaire, je sens déjà que tu me plairas autant que d'abord tu m'avais fait de frayeur. Comment ai-je

pu me montrer assez sotte pour trembler, pâlir
et frissonner de tout mon corps à l'aspect de petits animaux si timides d'eux-mêmes, et qui pourtant, malgré leur petitesse, ne craignent pas de
nous approcher, de se fier à nous?... O ma chère
Zizi! ajouta-t-elle en la caressant pour la première fois, tu m'as guérie à jamais de la fausse
idée que je m'étais faite des animaux de ton espèce, et d'autres bien plus petits encore dont j'a-
vais la faiblesse de m'effrayer. Je vois que notre
imagination nous aveugle souvent, et nous fait
voir des dangers là où il ne s'en trouve aucun;
je vois que les insectes les plus hideux, et même
les animaux dont l'atteinte est venimeuse, ne
nous feraient jamais le moindre mal si nous ne
les excitions pas, soit par nos cris, soit par nos
menaces, à exercer sur nous une légitime ven-
geance.

Madame de Melval, enchantée d'avoir détruit
dans sa fille un ridicule qu'elle eût conservé toute
sa vie, et qui, sans aucun doute, eût nui à son repos et à son bonheur, lui confia qu'elle s'était adres-
sée à l'un de ces habiles oiseleurs de Paris, con-
nus pour avoir le secret, ou plutôt la patience
d'habituer à l'exercice le plus familier ces souris
blanches, dont l'espèce est rare, et qui semble

être douée d'une intelligence remarquable. Elle lui apprit qu'on instruit ces jolis petits animaux au point de les faire obéir au commandement ; qu'il en est qui dansent sur la corde tendue ; que d'autres jouent du tambour de basque ; que celles-ci font une partie des évolutions militaires, que celles-là mettent le feu à un petit canon, dont l'explosion ne leur cause aucune frayeur... « Tu le vois, chère enfant, dit à Laure madame de Melval, il n'est rien que ne surmontent l'habitude et l'éducation, même chez les animaux les plus délicats ; et tu m'avoueras que lorsqu'une petite souris a l'adresse de faire la morte, de danser sur la corde, et surtout a le courage d'entendre, sans broncher, la détonation de la poudre à canon, nous sommes véritablement indignes de cette suprématie que le Créateur nous a donnée sur tous les animaux, et tout-à-fait dénués de cette suprême intelligence dont nous sommes si fiers, lorsque, par une faiblesse ridicule, par une frayeur pusillanime, nous nous plaçons au-dessous de ces mêmes animaux sur lesquels nous devrions régner. »

Laure, convaincue de ces vérités frappantes, s'arma de courage et de résignation. On ne la vit plus frissonner et changer de couleur en apercevant une araignée traverser sa chambre, et même grimper sur sa robe. Les papillons de nuit qui venaient le soir voltiger autour de la lampe, et les souris qu'elle rencontrait, bien qu'elles n'eussent ni la blancheur ni l'éducation de Zizi, ne lui firent plus pousser des cris effrayants, appeler à son secours. En un mot, elle s'habitua à voir de sang-froid les insectes les plus hideux; et, sans s'exposer imprudemment aux atteintes des animaux malfaisants, elle supporta leur vue, leur approche, et ne tarda pas à se convaincre que presque toujours la peur qu'on ressent nous fait seule beaucoup plus de mal que n'en pourrait faire l'objet même qui la cause.

LE COMITÉ DES BERGÈRES.

C'est une erreur de croire qu'à la campagne on peut se livrer impunément à toutes les extravagances de son esprit, à toutes les imperfections de son caractère. A la ville, on est plus circonspect; on craint d'être observé par des personnes dont on ambitionne le suffrage, et qui remarqueraient nos défauts ; mais, aux champs, plus d'étiquette, plus de contrainte : on n'a nul intérêt à plaire à des laboureurs, à des vigne-rons, à des jardiniers, et l'on s'imagine que ces gens, occupés de leurs travaux, ne sont pas as-sez clairvoyants pour s'apercevoir du bien ou du mal que nous faisons.

Telle était l'opinion de Grabrielle Dostanges, fille unique d'un officier général retiré du servi-ce. Celui-ci, pour se livrer entièrement à l'agri-culture, son occupation chérie, avait acheté une terre sur les bords de l'Indre, qui partage en deux parties égales le beau jardin de la France : sites ravissants où la nature semble étaler avec coquetterie tout ce qui peut charmer les yeux et intéresser le cœur par de touchants souvenirs.

C'était dans le joli vallon de Courçay que le général Dostanges, veuf depuis quelque temps, avait acquis une terre où il passait la belle sai-son. Pendant le reste de l'année, il habitait Pa-ris, où sans cesse il s'occupait de l'éducation de sa fille, qu'il ne quittait jamais.

Gabrielle avait une figure spirituelle ; sa taille élancée était pleine de grâces, et son regard pé-nétrant annonçait une imagination vive et le plus heureux naturel ; mais, gâtée par son père, sur

lequel son espièglerie même avait le plus grand
empire, elle se livrait à une dissipation continuelle, et souvent à des inconvenances qui dimi-
nuaient le vif intérêt qu'inspiraient au premier
abord sa gaieté franche et ses heureuses saillies.
Tantôt elle coupait brusquement la conversation
des personnes les plus respectables que réunissait le général, et les fatiguait bien souvent par
mille questions puériles; tantôt elle se servait
elle-même à table, et s'appropriait tout ce qui
pouvait flatter sa friandise ou son caprice.

Mais ce qui paraissait le plus étrange, c'était
de voir Gabrielle s'échapper comme un jeune lé-
vrier sortant de l'attache, courir dans le parc,
sur les bords de la rivière, sans chapeau,
sans fichu; s'exposer, soit à l'ardeur d'un soleil
dévorant, soit à la fraîcheur subite et dangereuse
d'une pluie d'orage, et revenir, haletante et couverte de sueur, auprès de son père, qui ne pouvait s'empêcher alors de lui témoigner la vive
inquiétude que lui avait causée son absence. Mais
Gabrielle, enhardie par l'inaltérable bonté du général, lui répondait avec sa légèreté ordinaire, et,
lui sautant au cou : « Ne te fâche pas, petit père!
à la campagne tout est permis. Toi-même tu
restes la journée entière en casquette, en habit de

chasse, et tu ne fais plus ta barbe que tous les
quatre ou cinq jours, ce qui ne m'empêche pas
de t'embrasser. Il est si doux de se débarrasser
de la contrainte de la ville! Personne ici ne peut
remarquer mes folies, et, à mon âge, on a besoin
de courir, de s'amuser. » Le général, aussi faible
avec sa fille qu'il était sévère avec le soldat, se
laissait aller aux cajoleries de Gabrielle. Celle-ci
gardait encore quelque convenance lorsque des
personnes de la ville ou des châteaux voisins venaient le visiter; mais, dès qu'elle était seule
avec son père, elle reprenait ses habitudes et se
livrait à toutes les extravagances que lui suggé-
rait son imagination, et sur lesquelles l'aveuglait
son inexpérience.

On était à l'époque de la fenaison : déjà la ma-
jeure partie des prairies fertiles qu'arrose l'Indre
dans son cours tortueux était dépouillée de sa
parure, et dès que les foins sont enlevés, l'immense surface de ce beau tapis vert que la nature
étale à nos yeux est couverte d'une quantité prodigieuse d'animaux de toute espèce, qui, retenus
dans leurs étables depuis plusieurs mois, accourent se repaître de l'herbe nouvelle. Ces vaches,
ces chèvres, ces moutons, sont ordinairement
surveillés par des bergères de tout âge, dont

l'usage est de se réunir sous le premier ombrage
qu'elles rencontrent; et là, tout en filant la quenouille ou en tricotant de gros bas de laine, elles
forment un comité qui passe en revue les divers
habitants des environs, rappelle les anecdotes
récentes, approuve ou blâme les mariages faits
et à faire, exerce en un mot une critique inexorable envers et contre tous.

Gabrielle n'avait pas de plus grand plaisir que
d'aller chaque soir entendre ce comité; il se tenait le plus souvent au bas du parc du château,
sur les bords de la rivière. Cachée sous un épais
feuillage, elle pouvait, sans être vue, prêter une
oreille attentive à tout ce qu'on disait. Tantôt
c'était le récit d'une noce à laquelle on s'était
amusé aux dépens des belles dames de la ville;
tantôt c'était la peinture fidèle et touchante du
bonheur inexprimable de la vieille Marthe, dont
le fils, conscrit, venait d'obtenir son congé de
réforme. Enfin il ne se passait pas dans la contrée
le moindre événement qui ne fût raconté, commenté, augmenté par le comité des bergères.

Mais quelle fut un jour la surprise de Gabrielle,
lorsqu'elle entendit qu'elle-même était l'objet de
la conversation et des rires satiriques de toutes
ces villageoises! « Mam'zelle Dostanges, disait

l'une, est une bonne petite enfant; mais elle est bien dissipée, ben familière pour la fille d'un général. — Son père la laisse faire tout c' qu'el' veut, dit une autre : aussi la rencontrons-nous partout seule, grimpant sur les arbres, montant sur nos ânes, effarouchant nos moutons, et faisant un vacarme ni pus ni moins qu' si c'était un p'tit polisson sortant d' l'école. — Je n' sommes que d'simples paysannes, ajoutait une troisième, mais j'avons plus d' tenue qu' ça. — N' faudrait pas, reprit une quatrième, que j' fussions tenir à mon père tout' les raisons qu'el' tient au sien : i' me r'lèverait d' manière à c' que j' n'y r'vinssions plus, et ça s'rait juste. — Eh ben! dit une autre bergère qui paraissait la plus maligne de toutes, ces d'moiselles, ces filles d' bourgeois, d' général, ça s' croit mieux induquées qu' nous; ça nous r'garde comme d'z espèces grossières, et pourtant ça n' nous vaut pas en fait d' respect filial... non, ça n' nous vaut pas. »

Gabrielle, surprise et confuse, reconnut alors que nos fautes sont remarquées aux champs comme à la ville, et que, chez les bons et simples agriculteurs, les vertus domestiques sont cultivées avec plus d'exactitude peut-être que chez les gens favorisés de la fortune et dans un rang élevé. Mais bientôt la vivacité de son caractère et son insouciance habituelle lui firent oublier cette première leçon. Elle reprit son train de vie, et se livra plus que jamais à toutes ses conséquences.

Le matin d'une des plus belles journées de l'automne, entraînée par son étourderie accoutumée, Grabrielle, nu-tête et les cheveux dans le plus grand désordre, vêtue d'une robe sale et déchirée, ses souliers éculés et ses bas sur les talons, jouait au bout de l'avenue du château de son père, sur le grand chemin, avec plusieurs petits garçons de son âge, fils d'honnêtes ouvriers des environs, et, parmi les espiègleries qui lui étaient passées par la tête, elle avait formé, sur des charpentes qui bordaient la grande route, une balançoire où, juchée d'un côté, ses jupes relevées au-dessus des genoux, elle faisait la chouette à deux jeunes villageois placés à l'autre bout de la pièce de bois, et se livrait avec eux à tout ce que les jeux de l'enfance ont de plus bruyant, de plus évaporé. Un officier, frère d'armes du général Dostanges, n'avait point voulu passer en Touraine sans le voir et l'embrasser. Il aborde la troupe folâtre, et, s'adressant à Gabrielle, qu'il prend pour une petite fille d'ouvrier à qui la demoiselle du château a donné ses vieilles robes, il lui demande le chemin qui conduit à l'habitation de son ancien camarade : « La première allée d'arbres sur votre droite, répond la jeune espiègle; à la grille en face. » A ces mots, elle descend de la balançoire, et, avec son obligeance naturelle, elle accompagne jusqu'à l'avenue l'étranger, qui lui met deux gros sous dans la main. Gabrielle rougit, et ne doute plus que l'inconnu ait cru voir en elle l'enfant de quelque pauvre ouvrier. Oh ! combien elle souffrit de cette méprise! combien elle se repentit de s'être oubliée jusqu'à ce point ! Mais sa confusion redoubla lorsque, paraissant à table chez son père, elle fut reconnue par l'étranger pour la petite fille qu'il avait assistée. Il raconta, avec la joyeuse franchise d'un militaire, ce qui s'était passé. Le général, pour la première fois, ne put s'empêcher de faire à sa fille des reproches sérieux. Il exigea qu'elle porterait pendant un mois, dans un coin de sa bourse, les quatre sous qu'elle avait reçus, afin de se rappeler à quel point elle s'était exposée sur une balançoire formée à l'improviste avec des bois de charpente, qui pouvaient l'estropier ou blesser les jeunes villageois qu'elle associait à ses extravagances.

Gabrielle obéit, et obtint de son père que cette aventure humiliante resterait inconnue; mais, peu de jours après, lorsqu'elle alla de nouveau entendre le comité des bergères, elle eut la pénible conviction que tout leur avait été révélé. Quelles plaisanteries mordantes elle entendit sur son compte! Oh! que les deux gros sous qu'elle était condamnée à porter sans cesse lui parurent pesants! « Eh quoi! se disait-elle, rien ne peut donc échapper à ce comité des bergères! »

Peu de temps après elle en eut une preuve plus convaincante encore, et qui fit sur elle une impression décisive et salutaire. Aveuglée par l'extrême tendresse de son père, Gabrielle s'abandonnait plus que jamais à toutes ses étourderies, et devenait, sans s'en apercevoir, d'une indocilité dont le général Dostanges souffrit quelque temps en silence, mais sur laquelle il finit par éclater avec une vivacité qui effraya sa fille, et lui fit sentir qu'il est souvent des bornes pour l'indulgence. M. Dostanges avait les yeux trop clairvoyants, et surtout trop grand usage du monde, pour ne pas s'apercevoir des défauts de sa fille. L'amour-propre, dompté longtemps par l'amour paternel, se livra donc à toute son explosion.

Gabrielle avait deux serins qu'elle aimait beaucoup; mais, trop légère pour les soigner elle-même, elle les confiait à la garde particulière d'une femme de charge dont l'obligeance et la bonté ne pouvaient être comparées qu'à l'attachement qu'elle portait à sa jeune maîtresse. Le couple chéri préparait sa couvée, et déjà deux petits œufs ornaient le nid qui leur était destiné. La cage habitée par les deux serins était suspendue au plafond de la chambre à coucher de Gabrielle, d'où on la descendait au moyen d'une poulie. La corde à laquelle cette cage était attachée commençait à s'user, sans qu'on s'en fût aperçu. Un matin que l'excellente femme de charge descend l'habitation des serins pour y renouveler les graines accoutumées, la corde se rompt, la cage tombe sur le parquet, et les deux œufs, objet de la plus tendre espérance, sont brisés, au grand regret de celle qui les soignait avec tant de zèle et d'assiduité. On conçoit quel fut le chagrin de Gabrielle : il était légitime; mais ce qui ne le parut pas aux yeux du père, ce furent les lamentations outrées de sa fille. Elle voulut faire gronder la femme de charge, bien innocente de ce malheur, et la priver peut-être de la confiance dont l'honorait le général. Les plaintes de la jeu-

ne étourdie furent si amères, ses reproches à la
pauvre femme de charge furent si accablants,
que M. Dostanges, souvent trop indulgent pour
mille extravagances, mais qui était inexorable
pour les vices du cœur, s'emporta contre Gabrielle
avec une telle violence, que celle-ci en fut terri-
fiée. Il lui fallut fuir la présence d'un père qu'elle
aimait, et passer le reste de la journée dans sa
chambre, d'où elle ne sortit que le lendemain,
aux sollicitations réitérées de l'excellente femme
qu'elle avait traitée avec tant d'injustice et de
cruauté.

Cette aventure avait fait une vive impression
sur notre enfant gâtée. Elle fut tenue secrète, et
Gabrielle espérait bien quelle resterait dans l'oubli ; mais, la première fois qu'elle se rendit dans
le bosquet solitaire auprès duquel se formait le
comité des bergères, elle les entendit s'égayer en
ces mots sur son compte : « Voyez-vous c't' in
justice, c't' inhumanité, disait l'une, d' vouloir
faire chasser la femme d' charge du château pour
un p'tit accident qu'ell' n' pouvait prévoir! — Ça
s'imagine, disait l'autre, qu'on n' doit jamais
broncher, parc' qu'on est à son service... Vouloir
perdre une brave femme qui tant d' fois l'a portée sur ses bras : et ca pour deux œufs d' serins!

— J' n'aurais jamais cru ça d'elle, ajoutait une troisième : fiez-vous donc à toutes ces mam'zelles ! Ça vous enjôle, ça rit avec vous ; et puis ça vous plante là pour la plus petite faute. — Quoiqu' ça, dit à son tour une quatrième, je n' suis pas fâchée d' la chose, puisqu'elle a fait ouvrir les yeux à c' bon général sur les défauts d' sa fille. I' m' paraît qu'il l'a m'née vertement, et il a ben fait. — Faut nous en amuser, dit en riant une cinquième, la plus espiègle de la bande : la première fois qu'ell' nous abord'ra, j' l'i d'mand'rons si ses s'rins sont éclos, si ell' récompense ben la brave femme qui les soigne ; enfin, si son père s'amuse toujours d' ses espiègleries. — Oui, oui ! s'écrient à la fois toutes les bergères, ça nous divertira... » Et aussitôt mille éclats de rire suivirent ce complot, qu'autorisait l'extrême familiarité de Gabrielle avec toutes les jeunes paysannes des environs.

Mais celle-ci sut éviter les questions que se proposaient de lui faire les bergères réunies. Elle sentit que si l'on doit traiter avec égard et bonté tous ceux qui travaillent à l'agriculture, on peut en même temps garder la dignité qui nous appartient, et savoir se respecter soi-même. Il se fit en elle un changement remarquable : plus de

disparitions imprévues, de démarches évaporées;
plus de balançoire sur la grande route, et que
rappelaient sans cesse les deux gros sous que
Gabrielle portait encore dans sa bourse; plus de
ces criailleries après les petits garçons du voisinage; plus de reproches amers à la femme de
charge, pour laquelle on la vit redoubler d'estime
et d'égards. Elle soigna elle-même ses serins, et
bientôt ils lui donnèrent une seconde couvée qui
fut heureuse. A table, elle ne mangea que ce que
lui donnait son père, et ne se mêla qu'avec une
extrême réserve aux toasts qu'il lui faisait porter avec ses anciens frères d'armes. En un mot,
Gabrielle devint aussi sensée qu'elle avait été
distraite, étourdie; aussi digne, aussi décente
qu'on l'avait vue familière, évaporée; et, si quelquefois il lui échappait encore quelques fautes lé-
gères, elle s'empressait de les réparer, certaine
qu'elles seraient aussitôt divulguées par les gens
du château, et qu'elles exciteraient la critique et
les rires vengeurs du comité des bergères.

LA ROBE DE GUINGAMP.

Si l'on calculait bien tous les avantages que produit l'urbanité, tout le charme qu'elle répand sur notre vie et surtout les méprises fâcheuses qu'elle nous évite, on se ferait un devoir constant d'être affable pour tout le monde, de ne jamais mesurer les égards qu'on doit aux personnes qui nous abordent sur leur extérieur, sur leur vête-ment, sur leurs manières simples et souvent pri-ses à dessein de cacher un grand nom, une haute célébrité. Il ne suffit pas d'avoir une éducation soignée, des talents, de l'esprit, d'aimables repar-ties ; tout cela n'est rien si l'on ne sait pas l'ac-compagner de cette aménité sans adulation, de ce ton prévenant et digne qui concilie tous les suffrages, subjugue tous les cœurs ; et, comme le dit une femme célèbre dont les écrits sont deve-nus un modèle inimitable : « *La délicatesse est la grâce de la bonté.* »

Madame Dastrol, veuve d'un ingénieur en chef des ponts et chaussées, habitait une très-belle maison de campagne, située aux environs d'Amboisé, près du château de Chanteloup, remarquable par les souvenirs historiques qu'il retrace, et surtout par cette pagode chinoise à sept étages du haut de laquelle on découvre quatorze villages, et l'on domine sur l'admirable jardin de la France, arrosé par la Loire, qu'on suit de l'œil pendant vingt-cinq lieues qu'elle parcourt. Ce point de vue, l'un des plus étendus, l'un des plus riches de toute la contrée, attire ordinairement les étrangers qui séjournent dans la Touraine, et plus d'une fois leur curiosité satisfaite et la beauté du site les conduisaient jusqu'à la belle habitation de madame Dastrol, qui n'en était distante que d'une demi-lieue.

Cette dame avait deux filles : Delphine et Eugénie. Autant l'une aimait le faste et la parure, et désirait avoir tout ce que la mode peut inventer, autant l'autre était simple et peu recherchée dans ses vêtements. La robe du moindre prix, les cheveux relevés avec un peigne d'écaille, une collerette de gaze unie, et des brodequins de toile écrue : telle était la parure ordinaire d'Eugénie. Delphine, au contraire, portait toujours une robe d'étoffe rare et nouvelle, faite à la dernière mode et surchargée de garnitures, un canezou garni de riches dentelles ; et sur son cha-

peau d'une forme outrée se mêlaient blondes,
plumes et rubans. Chaque jour c'était une nouvelle ceinture à la grecque, à l'écossaise; un
large bracelet, orné de turquoises, couvrait chacun de ses bras, qu'il serrait au point de gêner
le mouvement de ses mains; et des guêtres de
chez Steiger enlaçaient si fort le bas de la jambe
et le pied, qu'elle ne pouvait marcher sans éprouver une vive douleur; mais que ne sacrifierait-on
pas à l'empire de la mode ?

On conçoit facilement que cette différence de
goûts et de penchants qui existait entre les deux
sœurs influait beaucoup sur leur caractère et sur
leurs affections. Delphine ne faisait cas que des
personnes dont la parure et l'extérieur annonçaient un haut rang, une grande fortune; Eugénie ne s'attachait qu'aux qualités du cœur, et ne
jugeait des individus que par l'expression de leur
langage et tout ce qui annonçait une âme pure,
élevée. Elle avait moins de jeunes amies que sa
sœur; mais le peu qu'elle possédait lui offrait un
juste retour des tendres épanchements de son esprit et de son cœur.

Un jour, c'était vers la mi-septembre, époque
de l'équinoxe, qui attire assez souvent des pluies
abondantes et produit des orages, Delphine et

Eugénie venaient de rentrer, avec leur mère, d'une longue promenade, et n'avaient eu que le temps d'échapper à une ondée, lorsqu'elles aperçurent des croisées du salon deux étrangères qui traversaient à pied la grande cour, et se réfugiaient sous une remise, pour s'y mettre à l'abri de la pluie. L'une paraissait âgée d'environ cinquante ans ; elle était modestement vêtue et portait sur la tête un chapeau de paille sans autre ornement qu'un ruban entourant la forme et venant nouer sous le menton. Une jeune personne de douze à treize ans, habillée plus simplement encore, l'accompagnait. Sa petite robe de guingamp sans garnitures était serrée autour de sa taille par un ruban noir ; elle avait pour coiffure une capote de taffetas dont la couleur paraissait un peu altérée par le soleil ; un foulard noué à son cou et des souliers de peau noire : telle était la toilette de la jeune inconnue.

L'orage devenant plus violent et la pluie continuant à tomber, madame Dastrol, qui avait une âme trop élevée pour manquer en ce moment aux devoirs de l'hospitalité, fit inviter ces deux dames à se rendre au salon. Elles acceptèrent ; et tandis que la maîtresse de la maison allait au-devant d'elle, ses deux filles étudiaient les étrangères, et principalement la jeune personne, qui paraissait être de leur âge. Delphine, dès le premier coup d'œil, fut convaincue, à l'aspect de la robe de guingamp et de la capote verte, que celle qui les portait n'était ni riche ni d'un rang distingué. Elle ne lui fit en conséquence qu'un accueil froid et réservé. Eugénie, au contraire, dès les premières paroles que prononça la jeune étrangère, à son maintien, à son geste gracieux, et surtout à la noble expression de sa figure, la jugea digne du plus vif intérêt et de tous ses égards.

Madame Dastrol reçut les deux inconnues avec urbanité. Plus habituée que ses filles à juger des personnes au premier abord, elle étudia de son côté la dame qui servait de guide à la jeune personne, et fut convaincue que c'était une femme de mérite, chargée peut-être de diriger l'éducation de sa jeune compagne. « Nous nous sommes laissé entraîner par le charme de la promenade, dit cette dame en regardant sa jeune élève, et lui faisant un signe de discrétion, et, quoique seules, à pied, nous nous sommes écartées de notre demeure beaucoup plus que je ne le pensais. Ces beaux sites de la Touraine vous entraînent malgré vous... Vous devez être lasse, chère Isa-

belle, ajoute-t-elle avec expression, et, si ces dames veulent bien le permettre, nous nous repo-
serons ici quelques instants. — J'ose exiger da-
vantage, reprit madame Dastrol : la pluie est
loin de cesser; il est quatre heures et demie;
veuillez accepter un dîner de famille que je vous
offre sans cérémonie ; et, dans la crainte où vous
seriez qu'on ne fût chez vous inquiet de votre
absence, je puis y envoyer un de mes gens. —
C'est inutile, Madame, répond la jeune personne,
notre dîner se fait ordinairement à deux heures;
et, dès qu'il est terminé, nous sommes dans l'u-
sage, ma bonne amie et moi, de consacrer le reste
de la soirée à de longues promenades, où nous
nous plaisons à étudier la nature, à converser
avec tous les bons agriculteurs. »

Cette révélation des deux étrangères, de dîner
tous les jours à deux heures, fit croire à Delphine
qu'elles étaient de cette classe moyenne du peuple
qui fait ses quatre repas, et qu'elles appartenaient à quelque honnête ouvrier. à quelque
simple artisan. La jeune Isabelle, de son côté,
étudiait mesdemoiselles Dastrol avec la plus
grande simplicité; elle affectait même de se ran-
ger dans la classe dont la croyait être l'aînée
des deux sœurs; mais la cadette semblait aper-

cevoir le voile adroit dont se couvrait la charmante inconnue ; et plus celle-ci cherchait à s'a-
baisser, plus la bonne et clairvoyante Eugénie
redoublait de prévenances et de soins.

« Si le mauvais temps continue, dit la dame,
nous resterons auprès de vous avec un grand plaisir ; mais c'est à condition que nous ne dérange-
ons point l'heure de votre dîner, et que vous nous
permettrez d'accepter seulement quelques fruits,
lorsqu'on vous servira le dessert. » Tout fut exécuté ainsi qu'on en était convenu. Madame Dastrol, encouragée par l'extrême simplicité de ses
deux hôtes, dont la conversation avait toutefois
une aisance, un charme inexprimables, ne se fit
aucun scrupule de se mettre à table avec ses filles. Delphine ne cessait de traiter avec un ton de
protection la jeune Isabelle : celle-ci, tout en
remplissant envers elle les petits devoirs de société avec une touchante modestie, adressait le
plus souvent la parole à Eugénie, et cherchait à
établir entre elles cette douce communication de
deux jeunes cœurs qui s'essayent et se convien-
nent.

Enfin l'on servit le dessert : Eugénie profita de
cette occasion pour se livrer au tendre penchant
que lui inspirait la jeune inconnue : elle lui offrit

avec empressement les plus beaux fruits de la
saison, du laitage frais et des gâteaux qu'elle-
même avait faits le matin. Elle accompagna ces
offres de tout ce que l'esprit a de plus gracieux,
de tout ce que le cœur a de plus touchant. Delphine riait sous cape de la déférence de sa sœur,
et se disait tout bas qu'elle était bien dupe de témoigner tant d'égards à une robe de guingamp,
à une capote verte fanée, et surtout à de petites
gens qui dînent à deux heures.

A peine fut-on sorti de table, que la nuit commençait à couvrir l'horizon ; et la pluie, si fré-
quente dans cette saison, continuait à tomber.
« Y a-t-il loin d'ici à votre demeure ? dit madame
Dastrol à ses deux convives. — Trois quarts de
lieue environ, répond la plus âgée. — Nous habi-
tons le château d'Amboise, répond naïvement la
plus jeune, à qui son guide fit un signe de s'observer. — En ce cas, reprend madame Dastrol, je
vais vous faire conduire dans ma calèche fermée :
vous ne pourriez, par ce temps affreux, vous rendre à votre destination sans exposer votre santé. »
Delphine ne put encore s'empêcher de sourire
avec ironie ; et, remarquant la satisfaction qu'é-
prouvait la jeune Isabelle à la proposition de sa
mère, elle dit à sa sœur, assez haut pour que la

jeune inconnue pût l'entendre : « Je gagerais bien que c'est la première fois que la robe de guingamp va rouler en calèche. »

Les ordres de madame Dastrol furent exécutés : elle conduisit elle-même jusqu'à la porte du vestibule les deux étrangères, qui lui adressèrent les plus affectueux remercîments. La jeune Isabelle, en montant en voiture, serra la main d'Eugénie, en lui disant qu'elle espérait renouveler une entrevue qu'elle devait au plus heureux hasard. Elle fit un salut de simple politesse à Delphine, qui le lui rendit avec un air de supériorité dont ne put s'empêcher de sourire la jeune inconnue.

« Elles sont fort aimables, dit madame Dastrol. — Tout-à-fait bien pour de petites gens, dit à son tour Delphine. — De quelque classe que soit la jeune personne, ajoute Eugénie, je serais heureuse et fière de son amitié. J'ai remarqué qu'à travers sa simplicité modeste régnait une certaine dignité qui impose en même temps qu'elle attache. — Cela ne l'a pas empêchée, reprend gaiement Delphine, d'expédier, au dessert, deux grosses pêches, une douzaine de figues, trois gâteaux, et la moitié d'une assiette de chasselas... Ces petites gens, ça dévore. — Et pourquoi, ré-

pond vivement Eugénie, n'eût-elle pas mangé
avec plaisir ce qui lui était offert de si bon cœur?
Quand nous parcourons les environs, et qu'après
une longue promenade nous entrons chez l'un
de nos fermiers, nous dévorons de même leurs
fruits, leur laitage : et ils en sont ravis. — Parce
que notre présence les flatte et les honore, ma
sœur ; mais je suis loin de croire que les deux
étrangères soient dans le même cas envers nous,
et tout me prouve qu'elles ne peuvent appartenir qu'à une classe obscure. »

Comme elles discouraient ainsi, la calèche se
fit entendre dans la cour d'entrée, et bientôt le
cocher de madame Dastrol vint les instruire qu'à
peine avait-il conduit ces dames à deux cents pas
de l'habitation, il avait rencontré deux piqueurs
à la livrée d'un prince du sang royal, courant à
toute bride, et qui lui avaient demandé s'il n'aurait pas rencontré dans son chemin une dame
d'un certain âge, accompagnée d'une jeune personne d'environ douze ans ; et que tout-à-coup,
les apercevant dans la calèche, ils s'étaient dé-
couverts avec respect, et leur avaient raconté
toute l'inquiétude que ressentait l'auguste mère
de *Mademoiselle*, à cause du temps affreux qui
régnait depuis trois heures ; et les ordres qu'a-

vait donnés *Son Altesse royale* d'aller à leur ren
contre... « A ces mots, ajoute le cocher, arrive
une berline à quatre chevaux, dans laquelle
montent la jeune princesse et sa digne institutrice, en me donnant deux pièces d'or et me remer-
ciant, du ton le plus affable, de la peine que j'a-
vais eue à les conduire. »

« Quoi ! s'écrie Eugénie, cette personne si simple et si modeste est une princesse du sang ! je
me doutais bien, malgré tout ce que pensait ma
sœur, que c'était une demoiselle distinguée ;
mais je n'aurais jamais cru qu'elle fût née dans
un aussi haut rang. — Qui jamais se serait at-
tendu à cela ? dit Delphine, stupéfaite de ce
qu'elle venait d'entendre. Mais pourquoi, lorsqu'on est princesse, venir chez les gens en robe
de guingamp, pas trop fraîche encore, en man-
ches en amadis, et en capote de taffetas fané ?
— Cela ne m'étonne point, leur répond madame
Dastrol. La jeune princesse Isabelle appartient
à une mère si parfaite, si simple dans ses goûts,
et faisant si peu de cas du faste extérieur ! Son
bonheur, son occupation continuelle, est d'élever
ses filles dans cette simplicité de mœurs qui
prouve aux princes que c'est moins par l'éclat de
la naissance qu'ils se font remarquer que par

les qualités du cœur et par cette heureuse habitude de se confondre, avec une noble retenue,
parmi toutes les classes utiles de la société. »

On apprit en effet, dans tout le pays, que les
augustes propriétaires du château d'Amboise s'y
étaient arrêtés la veille, en revenant de visiter
les Pyrénées, et qu'ils ne devaient y passer que
deux jours. « Quel dommage ! s'écriait Eugénie :
je ne verrai plus ma charmante princesse Isabelle ; je n'entendrai plus parler d'elle... » Elle
se trompait. Le lendemain matin, au moment où
madame Dastrol déjeunait avec ses filles, et
qu'elles s'entretenaient de l'étrange aventure qui
leur était arrivée, entre dans la cour de leur habitation un des piqueurs que le cocher avait ren-
contrés la veille, portant une corbeille couverte
de taffetas vert. Il entre, et annonce qu'il est en-
voyé par Son Altesse Royale pour remettre à ces
demoiselles un gage de sa reconnaissance. On
s'empresse d'ouvrir la corbeille ; elle contient
deux billets de la main de la jeune princesse :
l'un est adressé à Eugénie, à laquelle Son Altesse
Royale offrait un riche bracelet, orné de son portrait en costume de princesse, et contenu dans
un écrin de maroquin rouge. Elle la remerciait,
avec autant de grâce que d'affection, des égards

qu'elle lui avait témoignés, quoiqu'elle fût sous de simples habits. Delphine s'imagine trouver à son tour un cadeau de la charmante princesse; elle ouvre avec empressement l'autre billet qui lui est adressé, et lit ces mots : « Je suis si confuse, Mademoiselle, d'avoir osé me présenter chez vous sous des vêtements qui vous ont induite en erreur, que j'ai pensé ne pouvoir mieux expier ma faute qu'en lacérant cette robe qui m'a privée du bonheur de vous intéresser et de vous plaire... Chaque fois qu'il vous plaira d'y porter les yeux, dites-vous bien : La personne que j'ai traitée avec dédain en a beaucoup ri; elle n'a souffert que de mon indifférence. »

Delphine ouvre le paquet à son adresse; elle y trouve en effet la robe coupée en petits morceaux. Elle rougit de confusion, de repentir peut-être, et ne put jamais rencontrer dans le monde une jeune personne en robe de guingamp sans se rappeler la leçon qu'elle avait reçue, et qu'elle avait si bien méritée.

LE JEUNE PÊCHEUR

OU

LES BORDS DE LA LOIRE.

Parmi les sites de la Touraine, si bien nommée
le jardin de la France, les plus riches, les plus
riants, sont les rives de la Loire, depuis Tours
jusqu'à Saumur. On dirait que le Créateur prit
plaisir à y réunir tout ce qui peut charmer les
yeux ; on dirait que l'histoire voulut y accumu-
ler les souvenirs les plus variés, les plus intéressants. Là s'élève une fameuse tour de Guise, où
le *Balafré*, Charles de Lorraine, expia par une
longue détention la révolte qu'il avait excitée contre son souverain légitime. En deçà, et tout près
de la ville de Tours, sont les vestiges de ce château
d'horrible souvenance, de ce *Plessis* où Louis XI
livrait à l'exécuteur ceux qui s'opposaient à ses
idées gouvernementales. Sur l'autre rive, en face,
paraît sur une éminence cette mémorable butte
où se réconcilièrent Henri III et le jeune roi de

Navarre, qui déjà faisait présumer quelle serait pour les Français l'heureuse influence de son nom et de son épée. Non loin est le château de Luynes, où gisent les restes de ce connétable qui mourut victime d'une ridicule ambition. Un peu plus bas, et sur la même côte, on découvre la pile de *Cinq-Mars*, qui rappelle la fin tragique d'un guerrier fameux, décapité avec ses quatre fils, et offrant une grande leçon aux crédules favoris des rois. En face, et de l'autre côté du fleuve, les tourelles du château gothique au pied duquel est née la célèbre madame *Dacier*... Voilà ce que, dans l'espace de quelques milles, offrent à l'œil et à l'imagination les admirables bords de la Loire.

Un pays aussi délicieux, un sol aussi fertile, qu'embellit presque toujours un ciel pur et serein et que féconde une douce température, portent dans les sens un charme ravissant, une quiétude qu'on éprouve à chaque fois qu'on respire. On n'y a d'autre idée que de couler paisiblement la vie et de coopérer au bonheur de ses semblables. Nulle part l'hospitalité n'est exercée avec plus de bonhomie et de franchise; nulle part on ne ressent plus vivement la jouissance d'une bonne action : on regarde comme tout naturel de faire

participer ses semblables au bonheur qu'on
éprouve.

Caroline du Theil, fille d'un riche banquier de
Paris, était venue passer une partie de l'été chez
sa jeune amie Paméla de Méricourt, dont la mère,
veuve d'un receveur général, possédait un vaste
et beau domaine sur la rive droite de la Loire,
entre Luynes et Langeais, presque en face de
l'île Berthenay, si remarquable par sa fertilité,
se trouvant à la jonction du Cher et de la Loire.

Il existait entre ces deux jeunes personnes une
parfaite analogie de goûts et de penchants : se
faire aimer de tous ceux qui les approchaient, et
particulièrement des simples agriculteurs ; répandre dans les familles nécessiteuses des secours, des consolations, cacher surtout, autant
qu'il était possible, leurs bienfaits sous le voile
du mystère : telles étaient les habitudes, les
jouissances des deux petites amies. On les voyait
chaque jour diriger leurs promenades dans les
hameaux des environs, et les habitations couvertes de chaume les attiraient plus particulièrement. Plus d'une fois elles y déposèrent ce qu'elles
recevaient de leurs parents, et les privations mêmes qu'elles s'imposaient devenaient pour elles
un trésor.

Cette association de bienfaisance leur attirait l'attachement et la considération de tous les habitants de la contrée : c'était au point qu'elles ne pouvaient se montrer dans le plus petit hameau sans y recueillir de touchantes bénédictions. On ne parlait partout que des bonnes petites amies : hommes, femmes, vieillards, enfants, tous les désignaient du doigt dans leurs promenades, tous leur souhaitaient à l'envi le bonheur qu'elles méritaient.

Un jour qu'elles parcouraient les bords de la Loire qui longent les murs du château de madame de Méricourt, elles entendirent des gémissements sortir d'une humble cabane de pêcheur : elles s'arrêtent, s'approchent, prêtent une oreille attentive, et ces mots viennent exciter leur intérêt, leur curiosité : « Pauvre petit ! bientôt tu n'auras plus d' père... Il va partir pour aller bien loin, bien loin... nous ne le reverrons jamais !... O mon enfant ! comment f'rai-je pour te nourrir ?... Ah ! pourquoi t'ai-je donné la vie !... »

Ces paroles, prononcées avec l'accent du désespoir, émurent profondément Caroline et Paméla. Elles ne purent résister à l'envie d'entrer dans la cabane, où elles trouvèrent une jeune femme de dix-huit à vingt ans, d'une figure inté-

ressante, noyée de larmes, et allaitant un faible
enfant dont l'innocent sourire annonçait qu'il
ne pouvait encore ni comprendre ni partager la
douleur de sa mère. Celle-ci, pressée de questions par les deux inséparables sur la cause de
son chagrin, leur apprit qu'elle était la femme
d'un jeune pêcheur nommé Jean-Pierre ; que celui-ci, se croyant sauvé de la conscription, d'après
la visite qu'il avait subie et qui l'avait déclaré
trop faible pour le service maritime, s'était marié en toute confiance ; mais, après quinze mois de
ménage et d'union la plus heureuse, au moment
enfin où son métier de pêcheur devenait lucratif,
il venait de recevoir l'ordre de se rendre à Brest,
pour servir en qualité de matelot. « Eh ! comment, dirent les deux petites amies à la jeune
femme, n'avoir pas fait usage de son acte de réforme ! — Impossible de nous l' procurer, mes
bonnes demoiselles : les bureaux d' la marine,
alors établis à Tours, ont été transportés dans je
n' sais quelle autr' ville, et mon pauvre Jean-
Pierre doit partir après-d'main. Si du moins j'
pouvais le suivre !... mais c't enfant qu'il faudrait porter sur mes bras, et mon vieux père infirme, qui d'meure à Berthenay, et dont j' suis
l'unique soutien... Non, non, Dieu l' veut ; il faut

nous séparer, nous quitter pour toujours! Pourvu
que l' chagrin n' tarisse pas mon lait, et que j'
pussions continuer à nourrir mon pauvre enfant!
ca s'rait du moins une consolation... »

Ce récit toucha vivement Caroline et Paméla :
elles ne songèrent plus qu'au moyen d'empêcher
Jean-Pierre de quitter sa femme et son enfant.
Mais comment s'y prendre ? de pareils obstacles
sont si difficiles à surmonter! et c'est dans deux
jours que doit partir le jeune pêcheur... Le hasard
répondit aux bienfaisantes intentions des deux
jeunes amies. Parmi les personnes de distinction
qui venaient visiter à son château madame de
Méricourt, était un officier couvert d'honorables
cicatrices, et qui jouissait dans toute la Touraine
de la plus haute considération. Il joignait aux
qualités du vrai brave cette douce urbanité du
grand monde, et, dans plusieurs circonstances,
il avait prouvé le vif intérêt qu'il portait à tous
les êtres souffrants. Caroline et Paméla résolurent de s'adresser à lui pour le succès de leur entreprise, et la Providence voulut que le lendemain même le général, qui finissait sa tournée
départementale, vînt dîner au château. Oh! de
combien d'égards et de prévenances elles entou-
rèrent cet excellent homme! Il ne savait à quoi

attribuer toutes les choses flatteuses que lui adressaient les deux petites amies, et bientôt il devina qu'elles avaient un secret à lui communiquer. Il se fit donc un devoir d'en provoquer la révélation, et promit d'employer tout son crédit pour obtenir la délivrance du jeune pêcheur. Plusieurs jours s'écoulèrent sans qu'on pût avoir la moindre nouvelle, et Jean-Pierre, d'après l'autorisation du général, était resté à sa cabane jusqu'à la détermination qu'on prendrait sur son sort. Que d'inquiétudes, que de tourments éprouvèrent Caroline et Paméla ! Mais ils n'étaient rien en comparaison des angoisses mortelles qu'on ressentait dans l'humble cabane du pêcheur. Il est dans la justice militaire de ces délais indispensables, ou plutôt de ces précautions impérieusement ordonnées, et qu'on ne saurait enfreindre. Enfin, au bout de quinze jours environ, l'on aperçoit, des croisées du château, le général arriver à toute bride ; il était suivi d'un simple dragon. La gaieté semblait peinte sur sa figure. Il entre au salon, et, sans proférer une seule parole, il remet aux deux petites amies le congé de réforme de leur cher protégé. Rien ne pourrait exprimer la joie de Paméla et de Caroline. Elles s'élancent dans les bras du général, l'embrassent

comme un tendre père, et, sans perdre un seul
instant, elles volent à la cabane du pêcheur et lui
remettent l'écrit précieux qui lui rend la liberté,
le bonheur et la vie. Aussitôt le père et la mère
de l'enfant, en ce moment même dormant dans
son berceau, tombent aux pieds de leurs jeunes
protectrices. L'émotion qu'ils éprouvent leur
coupe la voix ; ils respirent à peine, et, les mains
tendues vers le ciel, ils invoquent Dieu pour la
conservation de celles à qui ils sont redevables
d'un événement aussi inespéré.

« Je resterai donc auprès de ma femme ! s'écrie
enfin Jean-Pierre avec le délire de la joie. Je pourrai travailler pour subvenir aux besoins de son
vieux père, à la nourriture de notre cher enfant !
— Pauvre petit ! dit à son tour la jeune mère, tu
ne seras donc pas orphelin ; il ne m' faudra pas
aller implorer la pitié publique pour élever ton
enfance ! et vous, mon père, vous ne manquerez
de rien jusqu'à votre dernier jour... Jean-Pierre
nous est rendu !..... » Prenant aussitôt l'enfant,
qui s'éveillait, elle le présente à ses deux bienfaitrices, auxquelles l'innocente créature semble
offrir en ce moment le doux sourire de la reconnaissance.

Quelque temps s'écoula ; les deux amies n'al-

laient plus aussi souvent à la cabane du pêcheur:
c'eût été, en quelque sorte, exiger de la part de
cette pauvre famille de nouvelles preuves de gra-
titude; mais, chaque fois qu'elles étaient rencon-
trées par Jean-Pierre ou par sa femme, elles ne
pouvaient se soustraire à la vive expression des
sentiments qu'elles leur avaient inspirés. La Provi-
vidence offrit bientôt à ces honnêtes gens l'occasion de reconnaître ce que Caroline et Paméla
avaient fait pour eux, et ils la saisirent avec un
empressement qui mérite d'être décrit, et qui
prouvera que toujours une bonne action trouve
sa récompense.

On était au milieu de l'automne; madame du
Theil possédait à l'île de Berthenay une ferme
considérable que souvent elle allait visiter. Il lui
fallait pour cela traverser la Loire dans une espèce de bac ou de bateau public, où chaque jour
passaient et repasssient les nombreux agriculteurs qui se rendaient à leurs travaux avec leurs
bêtes de somme. Caroline et Paméla reconnurent, dans le trajet, Jean-Pierre, occupé à pêcher, et qui leur exprima du geste et de la voix
tout le bonheur qu'il éprouvait. Il resta décou-
vert, et les suivit des yeux jusqu'à ce qu'elles
fussent échappées à sa vue. Les belles rives de la

Loire étaient, ce jour-là, couvertes d'un brouillard épais qui en voilait toute l'étendue et toute la splendeur. La prévoyante mère eût pu sans doute choisir un jour plus serein; mais il y avait à sa ferme un retour de noces que donnait le fermier, dont le fils aîné venait d'épouser la fille d'un riche agriculteur des environs. L'assemblée était nombreuse, et la présence de madame du Theil, de Caroline et de Paméla, ne fit qu'augmenter encore la joie de ces bonnes gens. Le festin fut suivi d'une danse : elles partagèrent si vivement la joie et les plaisirs dont elles étaient environnées, qu'elles y passèrent une partie de la nuit. Il fallut, au retour, réveiller les deux bateliers qui dirigeaient le bac; et ceux-ci, moitié accablés de fatigue, négligèrent de prendre les précautions nécessaires pour la sûreté du passage. Les eaux du fleuve avaient éprouvé une crue considérable. Elles égarèrent les bateliers, qui perdirent les courants accoutumés. Tout-à-coup le grand cordage casse, les avirons des passeurs deviennent trop courts pour atteindre jusqu'au fond du fleuve; et, malgré tous leurs efforts, le bac est entraîné par la force des eaux. Leurs cris de frayeur retentissent vainement jusqu'au rivage; personne ne vient à leur se-

cours. Le brouillard, devenu plus épais, aug-
mente encore la dangereuse position où se trouvent dix à douze personnes qui, les mains tendues vers le ciel, implorent la céleste miséricorde.
Madame du Theil tenait pressées contre son sein
Caroline et Paméla : celles-ci, pour ne pas l'effrayer, gardaient un morne silence. Déjà le bac,
tournant plusieurs fois sur lui-même, avait heur-
té contre plusieurs bancs de sable. Encore quelques instants, et il allait être englouti dans un
abîme qu'il était impossible d'apercevoir. Enfin,
arrive une petite barque de pêcheur que dirigeaient, à force de rames, un jeune homme et
une jeune femme attirés par les cris lamentables
qui se faisaient entendre, et parmi lesquels ils
avaient distingué ceux de madame du Theil.
C'était Jean-Pierre et sa fidèle compagne. A ces
cris déchirants d'une mère, répétés par les personnes dont elle était environnée, et qui avaient
retenti jusque dans la cabane du pêcheur, il s'é-
tait réveillé en sursaut, et, se rappelant avoir vu
passer ses deux jeunes bienfaitrices, secondé par
sa femme, aussi empressée que lui de les secourir, il venait les sauver ou s'engloutir avec elles
dans l'abîme. Il était temps ; le bac n'en était pas
à vingt brasses d'eau. Caroline et Paméla recon-

naissent Jean-Pierre et cèdent à ses vives instances. Elles passent des bras de madame du Theil dans ceux du jeune pêcheur; et toutes les trois elles sont transportées au rivage avec plusieurs autres personnes de leur société. Tout le reste se sauva à la nage, au moment où le bac fut submergé, excepté les deux bateliers : victimes de leurs efforts, de leur audace, ils ne purent éviter la mort qui les menaçait.

Quelle ivresse éprouvèrent le pêcheur et sa femme à la vue de l'honorable famille qu'ils avaient sauvée, et surtout de ces deux jeunes associées de bienfaisance auxquelles ils étaient redevables de leur bonheur! Avec quel empressement ils firent sécher leurs vêtements, ils réchauffèrent à force de baisers leurs mains glacées par la frayeur, et leur offrirent un breuvage pour calmer leurs sens agités! La reconnaissance se prouve encore mieux par les actions que par les paroles; et les pauvres gens ont une manière de l'exprimer qui touche et pénètre le cœur. « Le ciel a donc permis, s'écriait Jean-Pierre, que j' puissions, non pas nous acquitter, c'est impossible, mais du moins vous donner des preuves d' not' respectueux attachement! — Oh! comme j'avons tressailli, dit à son tour la jeune femme, en entendant vos cris plaintifs, ces voix si chères qu' j'avons r'connues sans peine ! J'ons à l'instant même laissé not' pauvre enfant à la grâce de Dieu, pour voler à vot' secours, bien décidés à vous sauver ou à périr avec vous. »

Caroline et Paméla furent vivement touchées du dévouement de ces excellentes gens ; elles se félicitèrent plus que jamais d'avoir pu leur être utiles, et reconnurent que le bien qu'on fait, même à la classe la plus obscure du peuple, reste fidèlement gravé dans sa mémoire, se propage de bouche en bouche, nous attire la considération publique, et peut contribuer, dans les événements de la vie, à notre salut et à notre conservation

LA NOCE DE VILLAGE.

Il est de ces anciens usages qu'il faut respecter dans toutes les classes de la société. Chaque état a ses prérogatives, ses vieilles habitudes ; les enfreindre, c'est manquer à la foi jurée et transmise de famille en famille ; s'en moquer, c'est insulter

aux bonnes gens qui se font un devoir de les observer; c'est s'exposer à de justes représailles
qui nous rendent quelquefois le jouet de ceux que
nous avons dédaignés.

Hortense et Céline de Saint-Marc, filles d'un
colonel du génie, habitaient une terre située près
de Montbazon, à trois lieues de la capitale de la
Touraine. L'une et l'autre habituées dès leur enfance, par leur digne père, à honorer toutes les
professions utiles, à porter une estime sincère à
l'agriculteur qui contribue autant à la prospérité
de la patrie en arrosant de sa sueur le champ
qu'il cultive, que le guerrier qui la défend en
versant son sang pour elle, Hortense et Céline
se faisaient remarquer par une aménité naïve,
par cet accueil touchant et gracieux qu'elles faisaient indistinctement à tous les habitants de la
contrée.

Il n'en était pas ainsi d'Adrienne de Fontenelle, fille unique d'un directeur général des vivres, qui possédait, à une demi-lieue de la terre
du colonel de Saint-Marc, une magnifique habitation où se trouvait réuni tout ce que peuvent
désirer le luxe et l'opulence. Madame de Fontenelle avait toute la morgue d'une enrichie qui
s'imagine que la fortune tient le premier rang

dans la société, et qu'on n'y jouit jamais que d'une considération proportionnée à la dépense qu'on peut y faire. On s'attend bien, d'après ce portrait fidèle, à trouver Adrienne élevée dans des principes entièrement contraires à ceux qu'avaient reçus les filles du colonel. Autant celles-ci étaient simples dans leur parure, d'un commerce affable et communicatif, autant leur brillante voisine paraissait recherchée dans sa toilette, dédaigneuse et gourmée. Elle se croyait formée d'une substance toute divine, et n'abaissait que rarement ses yeux sur les pauvres habitants des campagnes, qu'elle regardait comme une race brute et dégénérée, que la Providence avait jetée sur terre pour y travailler sans relâche, servir les personnes riches et s'humilier devant elles.

Cette diversité d'opinions apportait une grande différence dans l'existence sociale des jeunes voisines. Leurs goûts et leurs occupations n'avaient aucune analogie. Briller, éblouir, humilier, étaient la jouissance de l'une; s'instruire, s'amuser gaiement et se faire aimer, tels étaient l'usage et la devise des autres. Les deux familles toutefois se voyaient assez fréquemment. Monsieur et madame de Fontenelle. en venant dans

un élégant équipage chez le colonel de Saint-
Marc, étaient forcés de rabattre un peu de leur
vanité. Le vrai brave n'humilie personne ; mais
il ne supporte jamais qu'on prenne avec lui le
moindre ton de hauteur. Et, lorsque le directeur
général, dont le principal mérite était de connaître le prix des graines des principaux marchés
du département, voulait, dans la conversation,
lutter avec un militaire d'un savoir profond, il
éprouvait que le vrai mérite est encore au-dessus
de l'or, qui ne peut procurer que des jouissances
éphémères lorsqu'on ne l'emploie qu'à satisfaire
une sotte vanité.

Adrienne se voyait donc, à l'exemple de ses
parents, contrainte de traiter mesdemoiselles de
Saint-Marc avec une égalité simulée, avec une
affection qui ne pouvait partir du cœur ; mais
Hortense et Céline n'étaient point dupes de ces
dehors étudiés, de ces épanchements forcés par
la nécessité. Spirituelles autant que bonnes, elles
s'apercevaient de l'adroit manége auquel se livrait leur jeune voisine. C'est en vain que celle-
ci se disait leur amie la plus intime ; elles sa-
vaient apprécier à leur juste valeur toutes ces
protestations d'un orgueil déguisé, toutes ces
expressions mielleuses de *ma chère... mon ange...*

ma toute belle... etc., et souvent elles s'en amusaient en secret.

Un mariage était projeté depuis longtemps entre la première fille de basse-cour du château de M. de Saint-Marc et le fils d'un des principaux vignerons du directeur général. Ces deux jeunes gens s'aimaient depuis leur enfance ; et, doués l'un et l'autre des qualités analogues à leur condition, appartenant à d'honnêtes familles d'agriculteurs devenues très-nombreuses, ils étaient forcés de réunir à leurs noces une quantité considérable de convives. On avait, à cet effet, établi le lieu du festin dans une grange très-spacieuse appartenant au colonel, qui se fit un devoir et surtout un grand plaisir d'assister, avec ses deux filles, à cette fête champêtre. Il avait fait présent à la mariée de ses habits de noce ; et les deux sœurs lui offrirent un bonnet garni de dentelle et un très-riche fichu brodé ; sous ces ajustements elle devait être conduite à l'église par M. de Saint-Marc lui-même : il voulait prouver, dans cette circonstance, toute la considération qu'il portait aux agriculteurs.

Adrienne, invitée à cette noce ainsi que ses parents, n'offrit rien aux futurs époux ; elle pensait qu'elle ferait assez pour eux en les honorant

de sa présence. Il arriva, ce jour tant désiré ;
jamais on n'avait vu de mariage à la fois plus gai,
plus généralement approuvé. L'usage du pays
exigeait qu'au milieu du festin les jeunes filles
du village offrissent à la mariée un présent qui
consiste ordinairement dans un petit vase d'argent ou de porcelaine, rempli de fleurs et couvert
de pâtisseries, devant composer une portion du
dessert : chez les bons agriculteurs, leurs plaisirs mêmes ont toujours un but d'utilité. Les demoiselles de noce, ordinairement les plus proches
parentes ou les meilleures amies de la mariée,
font à cet effet une collecte parmi les jeunes
paysannes invitées. Hortense et Céline voulurent
y contribuer, mais proportionnellement avec toutes les jeunes filles, en se faisant un devoir de
descendre à leur niveau. Elles furent aussitôt dé-
signées par la troupe joyeuse pour être en tête
du cortége. Elles avaient proposé secrètement à
la fière Adrienne de les accompagner, mais celle-
ci avait refusé de se confondre parmi des villageoises, dont elle prétendait que l'haleine lui
soulevait le cœur, et dont les mouvements grossiers lui faisaient craindre, disait-elle, d'être
estropiée en se mêlant parmi elles. Les deux
sœurs n'insistèrent pas, et laissèrent la bé-

gueule se tenir à part et garder à son aise toute
sa dignité.

L'antique cérémonial fut observé. Au son des
instruments exécutant une marche du temps du
roi Dagobert, s'avancèrent plus de trente jeunes
filles vêtues de blanc, un bouquet sur le sein,
les yeux baissés, et prouvant, par leur maintien,
que la pudeur est de tous les rangs. Le cortége
défila au milieu des longues tables, que remplis-
saient plus de cent cinquante convives. Hortense
et Céline portaient chacune un des coins du voile
blanc qui couvrait le présent. L'offrande fut pré-
cédée d'une chanson connue dans la Touraine de
temps immémorial, et dans laquelle les jeunes
filles échangent avec la mariée des avis pleins
d'une moralité gaie et touchante, et dont mesdemoiselles de Saint-Marc répétaient joyeusement
l'antique et gai refrain avec leurs compagnes,
flattées autant qu'honorées de leur gracieuse condescendance. Mais, tout en adressant aux deux
charmantes sœurs les plus tendres hommages,
elles portaient sans cesse leurs regards sur
Adrienne, qui, retirée dans un coin et surchargée de la plus riche toilette, disait à sa mère en
souriant avec dédain : « Comment se peut-il que
mesdemoiselles de Saint-Marc, filles d'un colonel

du génie, se compromettent au point de se mêler
parmi les paysannes, de toucher leurs mains
noires et gercées, de respirer leur haleine qui
sent l'ail, de se laisser presser dans ces gros bras,
dont la peau, noircie par le soleil, doit tacher
leurs robes, leurs ceintures?... Pour moi, je ne
me compromettrai jamais à ce point-là : je sais
trop ce que je me dois à moi-même. — Tiens,
c' t'aut', dit une des jeunes filles, qui s' croit com-
promise avec nous! parc' que c'est riche, ça
s'croit d' la première espèce ! — Ça fait rire d' pitié, ajoute une seconde villageoise; vous verrez
qu' ça nous r'garde comme des brutes, qui n'ont
ni cœur ni sentiment; mais j' li prouverons qu'en
fait d' ça j' la valons bien. » En un mot, c'était
dans toute la noce un murmure qui eût dû ouvrir
les yeux de la dédaigneuse, et surtout ceux de
sa mère, qu'aveuglaient sa sotte vanité et son
excessive tendresse.

Le mécontentement général qu'inspirait Adrienne pendant le festin ne fit qu'augmenter encore
à la danse qui suivit ce joyeux banquet. Vainement les plus gentils garçons dont se composait
cette nombreuse réunion vinrent l'inviter à leur
accorder l'honneur de danser avec elle; la bégueule répondit que cet exercice l'excédait, la

fatiguait. Mais, peu de temps après ce refus réitéré, plusieurs messieurs de la ville, attirés par les ris de cette troupe folâtre, vinrent se mêler parmi les danseurs, et soudain l'on vit Adrienne, oubliant les invitations respectueuses des jeunes villageois, accepter la main d'un des étrangers qui portait un ruban rouge à sa boutonnière, et paraître à une contredanse. Mais que de plaisanteries elle eut à supporter des paysans dont elle avait dédaigné les hommages! « J' vois ben, disait l'un, qu' faut êt' décoré pour avoir l'honneur de danser avec mam'zelle. M'est avis, c'tapendant, que j' n'écorcherions pas ses mains blanchettes, pisque j' sommes ganté. — Quand on est aussi fière, ajoutait un des jeunes garçons qu'Adrienne avait refusés, on reste chez soi, et l'on n' vient pas affronter d' la sorte d'honnêtes gens qui s'amusent entre eux. — Elle a beau s' gourmer, dit gaiement un troisième; quand elle est juchée sur les sacs d'écus d' son père, elle n'est pas plus haut qu' moi, quand j' sis grimpé sur nos meules d' froment. » Cette comparaison prise dans la nature excita les ris de tous les assistants : ils firent rougir Adrienne, et lui prouvèrent, mais trop tard, que ce n'est jamais impunément qu'on insulte ceux qu'on croit être au-

dessous de soi; que dans les fêtes de village tout
le monde est égal, et qu'on ne peut s'y faire remarquer que par cette urbanité, par cette juste
déférence pour toute personne estimable, utile;
en un mot, par cet heureux système d'égalité hu-
maine qui nous maintient au rang que nous oc-
cupons, par cela même que nous n'en méprisons
aucun.

Telle était l'opinion de mesdemoiselles de
Saint-Marc, qui, dans ce bal villageois, n'avaient
pas cessé de danser avec le petit pâtre comme
avec le plus petit fermier : elles se mêlaient dans
tous les groupes, se laissaient prendre la main
par les danseurs les plus rustiques et riaient avec
eux des lazzi joyeux de tous ces braves gens.
Aussi reçurent-elles tant d'invitations, qu'il leur
fut impossible de danser avec les beaux messieurs de la ville, auxquels elles préféraient, ce
jour-là, les bons habitants de la campagne; et
tandis que leur brillante voisine était en proie à
la critique la plus mordante, elles n'entendaient
autour d'elles que des éloges flatteurs et les vives
protestations du dévouement le plus respectueux. « Elles ne méprisent pas les petites gens,
disait un vieillard encore vert et d'une humeur
enjouée; elles ne craignent pas de s' compromet-

tre en s'amusant avec nous. — Ell' vous don-
nent la main, ajoute un jeune garçon de la noce,
ni pus ni moins qu' si j'étions leux égaux : aussi
j'avons une peur de trop presser leux p'tits doigts!
— On voit ben, s'écrie le fils du garde champêtre, qu'ell' sont les filles d'un brave qui chérit,
estime tous les honnêt' gens. — Aussi, répétaient
à la fois tous les agriculteurs, l' père et les filles
peuvent compter sur nous... à la vie, et à la
mort! Si jamais i'zavions besoin d' nous, i' n'ont
qu'à dire un mot, nos bras, nos cœurs, tout est à
eux. »

Quelques mois s'écoulèrent. Une autre noce
eut lieu dans le même village; c'était celle de la
sœur d'un jeune fermier de M. de Fontenelle avec
le fils cadet d'un riche meunier. L'aîné des enfants de ce dernier, parti comme simple réquisi-
tionnaire, était parvenu au grade de lieutenant
de chasseurs à cheval, et avait, dans la dernière
campagne, mérité la croix d'honneur par un trait
de bravoure très-remarquable. Il avait obtenu un
congé de deux mois, pour assister au mariage de
son frère Charlot, et s'était fait un devoir d'y pa
raître en grande tenue. Adrienne, malgré toute
sa répugnance à se mêler parmi les villageois, ne
put se dispenser de s'y montrer avec ses parents.

Ses deux jeunes voisines y furent invitées : elles étaient trop chères aux agriculteurs de tous les environs pour échapper à leur empressement. Elles se firent encore un plaisir de se réunir aux jeunes filles du village, pour offrir à la mariée le présent d'usage : cela leur attira de nouveau l'improbation de mademoiselle de Fontenelle. Le banquet fut suivi de la danse, où parut Adrienne, qu'avait invitée le frère du marié, et qui, en qualité de militaire décoré, reçut d'elle un accueil favorable.

Hortense et Céline dansèrent, selon leur coutume, la première contredanse avec les deux garçons de noce, et ne cessaient de recevoir d'eux les plus respectueux égards. Après cette première danse, le lieutenant de chasseurs voulut rendre ses devoirs aux filles du colonel; il dansa plusieurs valses avec les deux sœurs. C'était la danse favorite d'Adrienne. Elle y faisait briller une grâce, une aisance, qui ordinairement lui attiraient tous les suffrages. Mais aucun des agriculteurs ne lui fit une seule invitation; et plus d'une heure s'écoula sans qu'elle bougeât de sa chaise, où elle étalait en vain sa robe de tulle brodé garnie de fleurs et la plus élégante parure. Ce qui venait encore ajouter à sa pénible position, c'est qu'elle remarquait les regards des jeunes garçons s'arrêter sur elle avec ironie, et qu'elle entendait par ci, par là, quelques sarcasmes que les villageois les plus malins lançaient sur elle, et qui prouvaient toute la rancune que leur avait inspirée la conduite de cette dédaigneuse beauté à la dernière noce où elle avait assisté.

Enfin elle vit paraître un jeune homme d'une figure assez commune, mais enjouée ; d'une tournure un peu gauche, mais sans prétention. Il était vêtu d'un habit court et d'un pantalon plissé. Il tenait d'une main un chapeau gris, et de l'autre une cravache. Il paraissait avoir au plus vingt à vingt-deux ans ; et un ruban rouge qu'il portait noué à sa boutonnière annonçait qu'il était un militaire de haute distinction. La présomptueuse Adrienne s'imagina voir en lui le proche parent ou l'aide de camp d'un maréchal. Elle s'empressa donc de répondre à l'invitation qu'il lui fit de danser ; et, satisfaite de sortir de l'humiliante stagnation où l'avaient laissée tous les jeunes danseurs, elle accepta.

Cependant elle ne tarda pas à s'apercevoir que les mouvements de l'étranger étaient roides, à contre-mesure. Elle crut sentir, sous les gants

de chamois qu'il portait, une main épaisse et du-
rillonnée qui serrait la sienne avec une familiarité remarquable. Dans un des circuits nombreux
qu'ils parcoururent ensemble, le valseur, un peu
étourdi sans doute, déchira la robe de tulle brodé
de sa dame, et faillit même lui accrocher la jambe avec son pied gauche, qu'il lançait trop en
avant; mais elle ne dit rien : c'était un homme
décoré. Quelques instants après, il dénoue, par
mégarde, sa ceinture à l'écossaise, qui tombe, et
sur laquelle il met le pied. Il la ramasse en souriant, et la remet à sa danseuse; elle ne dit rien
encore : c'était un homme décoré. Enfin, lorsqu'ils rencontrent dans leur course rapide plusieurs couples de danseurs qui les heurtent,
Adrienne s'aperçoit que son cavalier donne de
grands coups de hanche à tous les villageois, et
que ceux-ci les lui rendent; elle-même en reçoit
un qui l'eût jetée par terre sans la vigueur de
son cavalier, la serrant alors dans ses bras de
manière à lui ôter la respiration. Le moyen d'y
trouver à redire?... c'était un homme décoré.

Mais quelles furent la surprise et l'humiliation
de la bégueule, lorsqu'à peine reconduite à sa
place par le prétendu aide de camp d'un maréchal de France, elle apprend, au milieu des éclats

de rire de tous les assistants, que c'est Jacquot,
jeune sabotier du village, qui s'était revêtu d'un
habit de ville du lieutenant de chasseurs, pour
tromper la belle dédaigneuse et obtenir l'honneur de danser avec elle. Il avait joué son rôle
avec toute l'intelligence dont il était capable; et
cependant, malgré toutes ses précautions, il n'a-
vait pu préserver sa danseuse des petits acci-
dents qui lui étaient arrivés.

Adrienne se retira confuse et blessée jusqu'au
fond du cœur. Sa mère, dont la vanité n'avait
point de bornes, étouffait de colère. Le colonel
Saint-Marc ne pouvait retenir le rire inextingui-
ble qu'excitait cette scène plaisante. Hortense
et Céline, se trouvant, en ce moment même, amplement vengées des plaisanteries amères que
leur adressait souvent leur fière voisine, ne purent s'empêcher de rire à leur tour de l'espièglerie du jeune sabotier; et celui-ci, désignant au
lieutenant de chasseurs le ruban qu'il portait à
sa boutonnière, lui dit gaiement, en lui serrant
la main : « Excusez, mon brave, si, pour un moment, j'nous sommes fait, à votre insu, chevalier d'honneur, mais j'voulions venger celui des
bonnes gens qui nous ont fait naître, et prouver
à c'te belle mam'zelle qu'lorsqu'on méprise les

agriculteurs et qu'on ose s' montrer à une noce
d' village, on s'expose queuqu'fois à faire rire à
ses dépens. »

RESSOURCE EN SOI-MÊME.

La fortune, capricieuse dans ses dons comme
dans ses rigueurs, apporte souvent des distances
parmi les membres d'une même famille. Cela
nous prouve que nous devons nous résigner avec
courage aux desseins de la Providence, et ne jamais envier les avantages qu'il accorde à nos
parents, à nos amis. On peut être heureux dans
un état obscur comme dans une position brillante,
quand on a le contentement de soi-même et le
pouvoir de suffire à ses besoins, soit par son travail, soit par son économie; et l'on répète alors
gaiement ces admirables paroles d'un ancien
poëte latin qui avait fait une étude profonde du
vrai bonheur : « Que m'importe de voguer dans
» la vie sur un grand ou sur un petit vaisseau ?
» Je vogue, et cela me suffit. »

Octavie, fille de M. Darmont, riche négociant à Tours, était l'idole de ses parents. Unique objet de leur tendresse, héritière d'une grande fortune, elle avait été élevée dans un oubli total de ce qui concerne l'intérieur d'une maison, dans une ignorance complète de toutes les nécessités de la vie. Entourée de nombreux domestiques, ayant à ses ordres particuliers une femme de chambre, bien qu'à peine elle comptât quatorze printemps, Octavie regardait tous les besoins de son existence comme prévus d'avance par le destin, qui l'avait si bien favorisée. Assise nonchalamment sur un canapé, indécise dans ses goûts, elle bornait ses études à relire les *Contes des Fées*, et l'exercice de ses talents à tracer au crayon un dessin de broderie, ou à s'accompagner sur la harpe en chantant la romance du jour. Bientôt alors l'ennui s'emparait d'elle, et souvent elle s'endormait jusqu'au moment où l'on venait l'avertir que le dîner était servi. Se réveillant alors en sursaut, et s'agitant un peu pour la première fois de la journée, elle arrangeait à la hâte ses cheveux blonds, passait une robe élégante, et descendait au salon.

Madame Darmont avait une sœur, veuve d'un négociant autrefois célèbre dans la ville de Tours.

où il faisait exister plus de cinquante familles ;
mais, ruiné par de fausses spéculations, trompé
par des correspondants infidèles, il était mort de
chagrin, en laissant une modique existence à sa
femme et à sa fille unique, âgée d'environ treize
ans. Fanni du Cange, moins belle que sa cousine
Octavie, mais plus vive, plus gracieuse, avait
pour mère une de ces femmes de mérite qui ca-
chent, sous des principes austères, l'amour maternel le plus vrai, le plus prévoyant. Madame
du Cange, passée de l'opulence à la plus stricte
médiocrité, avait supporté ce changement avec
un noble courage ; mais, éclairée par l'expérience, elle prétendait qu'une jeune personne devait
connaître tous les détails de l'administration
d'une maison ; que c'était le seul moyen de bien
conduire un jour la sienne, de ne pas être trompé
par ses gens, et de se suffire à soi-même dans
les diverses chances de la fortune, dans tous les
événements de la vie. Aussi, dès l'âge de dix
ans, Fanni savait travailler en linge ; et bientôt
il ne fut aucun objet composant toute sa toilette
qu'elle ne sût faire avec autant d'adresse que de
promptitude. Pour amener sa fille à ce précieux
et rare avantage, madame du Cange avait exigé
que, chaque année, le jour de naissance de Fan-

ni, celle-ci parût devant elle vêtue entièrement du travail de ses mains : « C'est, lui disait cette excellente mère, la plus grande preuve de tendresse que tu puisses me donner; c'est le moyen le plus sûr de me faire chérir le jour où j'eus le bonheur de te donner la vie. »

Quoique l'habitation de M. Darmont fût le rendez-vous des personnes les plus distinguées de la ville, madame du Cange la fréquentait souvent. Le tendre attachement qu'elle portait à sa sœur, dont le caractère paraissait tout-à-fait opposé au sien, lui faisait surmonter ces souffrances secrètes, ces humiliations sans cesse renaissantes que produit toujours la distance de fortune. Les deux jeunes cousines s'aimaient de même, bien qu'elles n'eussent ni les mêmes goûts ni les mêmes habitudes. On voyait Fanni travailler souvent, dans l'appartement d'Octavie, à renouveler les rubans d'un chapeau, à changer de forme la garniture d'une robe, à réparer la déchirure d'une pointe de blonde. Celle-ci, qui jamais n'avait manié l'aiguille, ignorant même comment on faisait une seule reprise, le simple ourlet d'un mouchoir, était mollement étendue sur un canapé, comme un automate qui attend, pour remuer, qu'on monte le ressort dont il reçoit le mouvement. C'était, en un mot, une indolente pour laquelle il fallait, pour ainsi dire, préparer l'air qu'elle allait respirer, et dont la monotone existence était par cela même à la discrétion de toutes les personnes qui l'entouraient. Aussi ne se passait-il pas de jour qu'elle n'éprouvât mille contrariétés : tantôt une femme de chambre inhabile lui avait passé sa robe du matin dont la garniture bridait par devant : ce qui produisait un effet détestable et cachait le plus joli pied du monde; mais l'adroite et bonne Fanni calmait bientôt ce mouvement d'humeur; et, au moyen de plusieurs points d'aiguille prompts comme l'éclair, tout était réparé. Tantôt c'était le coiffeur qui avait oublié Octavie, invitée à un déjeuner délicieux où devaient se réunir les jeunes personnes les plus élégantes : impossible de se présenter devant elles sans être coiffée à la dernière mode... La complaisante Fanni s'emparait aussitôt des beaux cheveux de sa cousine, et en moins d'un quart d'heure l'habile coiffeur était remplacé. Tantôt enfin c'était un chapeau d'un genre exquis qu'Octavie avait commandé pour une promenade en calèche; mais, ô surprise! ô douleur! ce chapeau se trouve être d'une forme trop basse, les rubans bouillonnent mal; les fleurs sont posées horriblement; et il faut partir dans une heure! O maudite marchande de modes! si jamais on achète chez vous la moindre chose! Mais heureusement Fanni entre en ce moment chez sa cousine; et, toujours bonne, attentive, elle prend le chapeau, juste cause d'un si grand désespoir, et lui donne une ferme nouvelle qui sied à ravir à la figure d'Octavie, et lui procure l'inexprimable jouissance d'aller se montrer aux boulevards si fréquentés dont la ville est entourée.

Tant d'adresse, tant de services rendus par Fanni, toujours en riant et sans la moindre prétention, pénétrèrent Octavie d'une reconnaissance et d'une admiration qui lui firent naître le désir de pouvoir imiter sa cousine. Elle ne put s'empêcher, malgré son indolence insurmontable, d'envier cette précieuse activité que souvent elle avait critiquée, cette heureuse habitude de se suffire à soi-même, et avec laquelle on bravait l'oubli du coiffeur, la négligence de la marchande de modes. Mais entraînée par le tourbillon du grand monde, effrayée d'un laborieux apprentissage, la jeune indolente resta dans son ignorance absolue, se résignant à toutes les contrariétés qu'elle éprouvait, et qui souvent aigris

saient son caractère et nuisaient à son heureux
naturel.

Un mariage devait avoir lieu dans la famille
de mesdames du Cange et Darmont. La fille d'ur
de leurs proches parents, propriétaire d'une ri
che manufacture établie sur les bords de l'In‹
dre, devait épouser le fils unique d'un des plu
grands propriétaires du pays. Ce mariage, qu
comblait l'espoir de deux familles honorables,
réunirait les principaux habitants des petites
villes circonvoisines. C'était un de ces grands
événements dont on s'entretient à plusieurs
lieues à la ronde, et qui font époque en province.
Chacun avait la prétention d'être invité; chacun
déjà se disposait à étaler les plus riches parures, les dentelles d'héritage et les diamants de
famille.

M. de Sorlis, père de la jeune future, était venu faire à Tours les emplettes nécessaires au
mariage de sa chère Estelle. Il devait emmener
madame du Cange et Fanni dans une berline
très-commode, où l'on pouvait tenir aisément
cinq personnes. M. Darmont avait été obligé de
se rendre, dans sa voiture et avec ses chevaux,
à la vente d'une forêt très-étendue, située à dix
lieues de Tours, et dont il désirait acquérir une

grande partie. M. de Forlis s'empressa donc d'offrir à sa parente de l'emmener avec sa chère Octavie : ce qu'elle accepta. Il fut en conséquence décidé, au grand regret de cette dernière, qu'on n'emmènerait point de femme de chambre. La tendresse que Fanni portait à sa tante, son adresse et son aimable prévoyance, déterminèrent madame Darmont à cette privation momentanée. Octavie, bien qu'elle comptât également sur l'obligeance de sa cousine, sembla pour la première fois sortir de son engourdissement, et s'occupa de ce qui devait composer sa double toilette ; car non-seulement elle voulait paraître avec éclat à la célébration du mariage, mais elle projetait encore de tout éclipser au bal qui devait avoir lieu, par une robe de crêpe d'Italie, garnie de volubilis, et qui devait produire un effet merveilleux. Fanni, sans être insensible au plaisir d'être bien vêtue, n'avait pas les mêmes prétentions que sa cousine ; elle avait fait elle-même deux robes neuves : la première de percale, ornée d'une simple broderie, et la seconde de mousseline-gaze, garnie de roses printanières, ses fleurs favorites, et qui toutes étaient l'ouvrage de ses mains. Elle avouait ingénûment qu'elle se faisait une fête de soutenir la haute idée qu'on

se fait dans les petites villes de l'élégance des
dames qui habitent la capitale de la province, et
que, disait-elle en riant, il était de son devoir de
dignement représenter.

Arrive enfin le jour du voyage projeté : c'était
la veille du mariage en question. M. de Sorlis fit
conduire dès le matin sa voiture chez madame
Darmont, afin qu'elle pût profiter d'une partie
de la bache qui restait vide, et y faire placer
les divers objets composant la toilette de ces
dames. On y mit en effet le linge et tous les vêtements qui ne craignaient pas d'être chiffonnés;
mais impossible d'y déposer des robes garnies de
blondes et de fleurs. On ferma donc la bache,
sur laquelle on posa un grand carton contenant
les chapeaux, les différents châles des quatre
voyageuses ; et l'on plaça derrière la voiture une
caisse couverte d'une toile cirée, contenant les
robes qui exigeaient le plus de précautions. Mesdames du Cange et Darmont occupèrent le fond
de la berline, M. de Sorlis se plaça sur le devant
avec Octavie et Fanni.

On était à l'équinoxe, au commencement de
l'automne; et quoiqu'il ne fallût à peu près que
sept heures de route à M. de Sorlis pour se rendre à sa manufacture, située entre Loches et

Châtillon, il désirait partir sitôt après le déjeuner, afin de pouvoir faire reposer ses chevaux à
moitié chemin, et être rendu d'assez bonne heure
pour veiller par lui-même aux préparatifs de la
cérémonie du lendemain. Mais le départ de quatre femmes peu habituées à voyager, et dont la
moitié avait des prétentions de toilette, est sujet
à bien des retards. Ce fut donc en vain qu'à midi
précis M. de Sorlis entra dans sa voiture, attelée
de trois vigoureux chevaux conduits par un habile postillon; madame Darmont, chez laquelle
on devait se réunir, n'en finissait point de ses
précautions, de ses préparatifs; et sa chère Octavie craignait tant d'oublier la moindre chose nécessaire à sa toilette, que, malgré les instances
réitérées de M. de Sorlis et la juste impatience
qu'il témoignait, on ne put partir qu'à deux heures; et, par conséquent, l'on n'arriva qu'à neuf
heures à la manufacture, où nos voyageurs furent reçus avec les démonstrations de la joie la
plus vive.

Mais elle fut bientôt troublée par la nouvelle
généralement répandue dans cette vaste habitation, que les domestiques, empressés de décharger
la voiture, n'avaient trouvé par derrière que les
courroies qui attachaient la caisse, qu'on avait

probablement volée à la faveur de l'obscurité de
la nuit. Les voyageuses furent désespérées de
cet évènement. Madame Darmont y perdait la
plus belle parure de dentelle qu'elle possédât
dans toute sa riche garde-robe : ce qui la conso-
lait cependant, c'est qu'il lui restait les cache-
mires, qu'elle avait placés dans le grand carton
attaché sur la bache, où elle avait heureusement
déposé une robe de velours épinglé, sans garniture il est vrai, mais assez apparente pour se
montrer décemment à la noce. Madame du Cange
n'avait rien placé dans la cassette, elle n'éprouvait aucune privation; mais Octavie et Fanni se
voyaient dépouillées de leurs robes garnies; il
ne leur restait plus que de petits vêtements du
matin, sous lesquels il leur était impossible de
paraître au mariage, parmi tant de personnes
devant faire assaut de toilette. C'était en effet
dans toute la manufacture un mouvement, une
agitation qui annonçaient les grands préparatifs
que faisaient déjà tous les gens invités à la noce
pour y briller de tout l'éclat qui serait en leur
pouvoir. La vanité, dans les petite villes, est plus
ambitieuse encore que dans les capitales. Tout y
est comparé, critiqué, dénigré avec une rigueur
réciproque dont chacun s'arme sans pitié.

Les deux jeunes cousines n'avaient même pas
la ressource d'emprunter le moindre vêtement à
la mariée. Outre que celle-ci pouvait avoir le
double de leur âge, elle était d'une taille ou d'un
embonpoint qui ne leur permettaient pas d'avoir
recours à sa garde-robe. On voulut d'abord envoyer à Tours un domestique à franc étrier, chercher de nouveaux ajustements pour ces dames ;
mais la poste n'était que fort mal établie sur ces
routes de traverse ; et le même cheval n'eût pu
faire près de vingt-cinq lieues dans une seule nuit
et revenir le lendemain matin à onze heures très-
précises, moment fixé pour la bénédiction nuptiale. On voulut ensuite avoir recours aux cou-
turières de Loches ou de Châtillon, lesquelles,
avec quelques aunes de gaze ou de linon, auraient pu, sinon pour la messe de mariage, du
moins pour le grand bal du soir, faire à la hâte
deux robes à la taille d'Octavie et de Fanni ; mais
ces ouvrières de petites villes ont encore plus de
prétentions que celles des grandes cités ; il eût
fallu se conformer à leur routine, et se voir affu-
bler à la mode du pays : cette idée était insupportable... Enfin la pendule du salon sonna minuit, et, la fatigue du voyage faisant éprouver
le besoin de repos, on remit au lendemain matin

à prendre le parti qui paraîtrait le plus convenable. Madame Darmont se retira avec sa chère Octavie dans l'appartement qu'on leur avait préparé; leur indolence accoutumée leur fit braver la contrariété qu'elles éprouvaient, et qu'un profond sommeil éloigna bientôt de leur pensée. Octavie s'endormit la première, en répétant ces mots à plusieurs reprises: « Deux si jolies robes... ô mes chers volubilis! je vous... je vous regretterai longtemps. »

Madame du Cange et Fanni furent logées dans un appartement composé de deux chambres contiguës, formant le premier étage d'un pavillon séparé de la grande habitation. La modeste mère n'avait rien à regretter pour elle-même; elle s'abandonna promptement à un sommeil profond. Il n'en fut pas de même de Fanni. Les ressources que l'on ressent en soi-même raniment le courage, éveillent l'imagination. Elle descend donc avec précaution, et s'adressant à une ancienne femme de chambre qui avait élevé la mariée, et qu'elle rencontre fort heureusement dans un corridor, elle lui demande s'il n'y aurait pas dans la corbeille de sa cousine Estelle quelques pièces de gaze ou de linon, des rubans blancs et des fleurs artificielles. L'excellente bonne, aussi vive qu'in-

telligente, répond que sa jeune maîtresse a reçu
un trousseau considérable, où se trouvent en
abondance tous les objets que désire Mademoiselle. « Ah ! répond Fanni en se jetant à son cou,
si vous étiez assez bonne pour me seconder, je
pourrais réparer la perte que j'ai faite. — De tout
mon cœur, ma charmante demoiselle ; vous me
paraissez si adroite, si au fait de tout !... Je suis
à vous à l'instant. » Elle sort à ces mots, et rejoint bientôt Fanni dans son appartement. Celle-
ci, tout en portant les yeux vers la chambre où
reposait sa mère, quitte son chapeau, sa robe de
voyage et sa collerette, relève à la hâte ses cheveux noirs sur le sommet de sa tête, et se dispose
à mettre à profit son savoir-faire. La vieille femme de chambre arrive, portant un grand carton
qui contenait justement une pièce de mousseline-
gaze et plusieurs garnitures de fleurs artificielles, parmi lesquelles se trouvaient heureusement
des roses printanières. On approche avec précaution un large guéridon au milieu de la chambre,
et Fanni, les ciseaux à la main, taille avec autant
d'adresse que de vivacité les lés d'une jupe, et
tous les morceaux qui composent le corsage.
L'habitude qu'elle avait de travailler pour elle et
le désir inexprimable de paraître bien vêtue au

bal lui firent avancer son travail beaucoup plus
qu'elle ne l'espérait; et, parfaitement secondée
par l'ancienne bonne, qui se piquait aussi d'ému-
lation, elle parvint, en deux heures de temps, à
terminer la jupe de son ajustement. Il n'y eut
que la garniture et le corsage à la vierge qui
exigèrent un peu plus de temps; mais chaque
coup d'aiguille que donnait Fanni était aussi
prompt que l'éclair; et comme, en pareil cas, il
est permis de coudre à grands points, l'habit de
bal fut entièrement confectionné vers quatre heures du matin. Fanni, l'attachant alors à l'un des
rideaux de la croisée pour lui conserver sa fraîcheur et sa forme élégante, remercie la digne
femme qui l'avait aidée avec tant de zèle, et se
jette sur son lit, où elle se livre à un sommeil réparateur.

Dès huit heures du matin, les cours et les jardins de M. de Sorlis retentirent des cris de joie
des nombreux ouvriers de sa manufacture, du
bruit des tambours de la garde nationale, que
commandait cet homme respectable, et bientôt
après des chants mélodieux de toutes les jeunes
vierges du canton, qui venaient offrir à la mariée la couronne de fleurs, que l'usage du pays
leur accordait l'honneur de présenter elles-mê-

mes. Octavie se réveille à ce bruit, en répétant encore : « O mes charmants volubilis ! je vous regrette plus que jamais. » Elle se lève triste et chagrine ; et, après avoir rempli auprès de son indolente mère l'office de sa femme de chambre, qu'on n'avait pu amener, elle se rend chez sa cousine, qui sommeillait encore. A l'aspect de la robe charmante pendue aux rideaux de la croisée, elle s'imagine que la caisse est retrouvée, pousse un cri de joie, de surprise, réveille Fanni, et attire madame du Cange de la chambre voisine. Celle-ci, jetant les yeux sur la robe nouvelle, et remarquant toutes les petites rognures de mousseline-gaze éparses sur le guéridon, tous ces restes de rubans et de fleurs artificielles, devine sans peine ce qu'a fait sa fille pendant la nuit, et, la pressant dans ses bras avec ivresse, elle se félicite de l'avoir habituée à se suffire à elle-même. Octavie joint ses félicitations à celles de sa tante, et ne peut surtout se défendre d'envier l'adresse et le bonheur de son aimable cousine.

On passe à l'appartement de madame Darmont, incapable de rien préparer pour sa toilette. Fanni, tout en remplissant auprès de sa tante les devoirs les plus empressés, lui raconte l'heureuse inspiration qu'elle avait eue d'emprunter à la jeune mariée de quoi réparer l'accident de la cassette. « Mais moi, dit Octavie, sous quels vêtements vais-je paraître à la bénédiction nuptiale? — J'ai placé dans la bâche, lui répond sa tante, deux robes de percale, brodées simplement : si l'une des deux peut te convenir, chère amie... — Mais, ma tante, le corsage nous contiendrait ma cousine et moi. — Laisse-moi faire, dit Fanni : au moyen de trois ou quatre fortes pinces qui seront cachées sous le cachemire long de ta mère, et de deux bons remplis par le bas, nous sauverons les apparences. »

Ce parti était le seul proposable en cet instant, il fallut bien s'y arrêter. Fanni, l'infatigable Fanni, après avoir aidé sa tante à faire une riche toilette, et Octavie à cacher, le mieux possible, le ridicule de la sienne, alla se revêtir de la robe qu'elle avait faite, et se rendit avec sa mère au salon, où déjà se trouvaient réunies toutes les dames des environs, surchargées de parures. Madame Darmont éblouit par la richesse de sa robe moderne et par l'éclat de ses diamants. Fanni réunit tous les suffrages. Octavie parut gauche et maussade. Empaquetée dans le cachemire de sa mère, elle n'osait faire un seul mou-

vement, dans la crainte de découvrir son risible
corsage. Elle ne cessa donc d'être l'objet de critiques les plus amères. « Quel maintien roide et
guindé! disait la femme du sous-préfet : c'est
une poupée qui ne remue qu'au moyen de quelque ressort caché. — Ne voyez-vous pas, ajoutait la femme du maire, qu'il y a défaut de taille,
et qu'on voudrait le dérober à nos regards ; mais
on y voit clair à la campagne tout aussi bien
qu'à Tours... » Octavie était au supplice ; déjà
même elle se proposait de prétexter une indispo-
sition et de remonter à son appartement, lorsqu'un jeune garçon de noce vint lui offrir la main
pour la conduire à l'église avec tout le cortége.
Là, nouveaux sarcasmes, nouveaux caquets.
« Entends-tu, disait Octavie à Fanni, comme on
me traite? Oh! que tu es heureuse de pouvoir te
suffire à toi-même! — Prends courage, ma pauvre cousine ; il me vient une idée qui pourra te
rendre tous tes avantages et te venger des plus
injustes préventions. »

En effet, au retour de l'église, Fanni choisit
parmi les jeunes filles qui avaient offert la couronne de fleurs à la mariée celles dont la couture
était l'état habituel, et qui pouvaient la seconder
dans son projet. Elle les conduit à son apparte-

ment, taille sur la pièce de mousseline-gaze une
robe pareille qu'elle avait faite pendant la nuit,
et s'établit au milieu des jeunes ouvrières, qui
n'avaient qu'à coudre ce qu'elle leur indiquait.
Octavie les rejoint bientôt, portant une riche
garniture, non de volubilis, mais de fleurs blanches que la mariée lui avait prêtée sur sa corbeille. Elle veut essayer d'aider les jeunes ouvrières, et de coudre elle-même pour abréger le
temps ; mais elle se pique les doigts et tache plusieurs morceaux de la robe. « Laisse-nous, lui
dit Fanni : chaque métier exige un apprentissage. » L'atelier de couture dirigé par celle-ci
produisit des merveilles, et, au bout de deux
heures à peine, elle eut la jouissance de revêtir
Octavie de sa robe charmante, et de l'accompagner au banquet, où chacun admira la dignité
de son maintien et l'élégance de sa taille. Elles
réduisirent au silence les critiques les plus austères. Octavie, sortant tout-à-coup de son indolence accoutumée, parut presque aussi spirituelle, aussi aimable que Fanni : on ne parla que
des deux cousines ; on les cita comme des modèles parfaits de grâce, de candeur et de bon
ton.

Mais, si l'une était ravie de s'être montrée

avec tous ses avantages, l'amie était bien plus heureuse d'avoir pu, par son adresse et son travail, éviter un chagrin à l'amie de son enfance. Fanni devenait en ce moment la plus riche ; et sa cousine, en se jetant dans ses bras, lui dit avec l'expression d'une vive reconnaissance : « Je te dois beaucoup, chère amie : je veux te devoir plus encore. Apprends-moi, de grâce, à faire moi-même tout ce qui compose la toilette d'une femme ; fais que je puisse aussi, le jour de ma naissance, paraître vêtue entièrement du travail de mes mains ! tu trouveras en moi l'apprentie la plus soumise, la plus zélée. Ah ! tu m'as fait connaître une vérité qui jamais ne s'effacera de mon souvenir. Oui, quels que soient le rang et la fortune que l'on possède dans le monde, quelles que soient les faveurs dont la nature ait voulu nous combler, le plus grand bonheur en tous temps, en tous lieux, à tout âge... c'est d'avoir une ressource en soi-même. »

LE LAIT D'ÂNESSE.

Souvent un moment de gaieté, la plus simple plaisanterie, peuvent avoir des suites fâcheuses et nous causer des regrets que la réflexion seule nous eût épargnés. Cela nous prouve que nous devons ne jamais rien faire sans songer à l'effet qui doit être produit, et ne jamais nous abandonner étourdiment à tout ce qui peut nous amuser.

La vieille Marthe, veuve d'un pauvre vigneron, était sans famille, sans aucun appui sur la terre. Elle n'avait pour tout bien qu'une masure et un petit jardin, ce qui ne pouvait suffire à son existence. Pour subvenir à ses besoins, elle faisait les commissions des divers habitants de son village, parmi lesquels étaient plusieurs propriétaires de domaines importants, entre autres celui de l'ancienne abbaye de Vallière, à deux lieues de Tours, sur la route de Nantes. Cette délicieuse habitation, remarquable par sa position, d'où l'on suit à perte de vue la Loire et le Cher dans leur cours, appartenait à madame de

5

Courcelles, veuve d'un intendant militaire qui, tout en se faisant estimer des officiers généraux et chérir du soldat, avait acquis une fortune suffisante pour laisser en mourant une honnête aisance à sa femme et à sa chère Zélia, unique fruit de l'union la plus heureuse.

Madame de Courcelles, remarquable par le bien qu'elle faisait dans le pays, ainsi que par les hautes qualités qui la distinguaient, était d'une gaieté franche, communicative, et d'un enjouement inaltérable. Elle devait à ces heureux dons de la nature la résignation qu'elle avait montrée en perdant un époux qu'elle aimait; et sa fille, dont elle seule dirigeait l'éducation, semblait avoir le même caractère. Douée d'une imagination vive, souvent même irréfléchie, Zélia cédait trop facilement à toutes les impressions qu'elle recevait, et commettait de fréquentes étourderies, des fautes graves, dont la faisaient bientôt repentir son cœur aimant et son heureux naturel. Il ne se passait pas de jour qu'elle ne fît, à tous les gens de l'habitation de sa mère, quelques niches dont ils riaient d'abord, mais qui finissaient quelquefois par leur déplaire et les fatiguer. Il n'est rien, en effet, de plus assommant, que cette manie de jouer des tours à tout le monde, de badiner sur les choses sérieuses, de tourner tout en plaisanterie. L'excès de gaieté devient quelquefois pire que la tristesse même ; et l'on fuit tous ces rieurs de profession, qui d'abord nous amusent quelques instants, et produisent tout-à-coup la plus insupportable satiété.

Zélia avait joué plus d'un tour à la vieille Marthe, qui demeurait à l'entrée de l'avenue de l'abbaye. On la voyait courir chez elle dans ses moments de récréation, pour lui faire chanter quelques vieilles chansons du pays, ou réciter de ces anciens contes de sorciers et de revenants, dont Zélia riait aux éclats, et s'amusait en jeune personne instruite, et par cela même, exempte de tous faux préjugés.

Mais les excursions que Zélia faisait chez la bonne Marthe devinrent encore plus fréquentes par l'arrivée de Rosine Bérard, son amie de cœur, et pour le moins aussi espiègle que notre étourdie. Elle avait été amenée de Paris par sa mère, qui, étant allée prendre les eaux de Baréges, avait prié madame de Courcelles de se charger de sa fille ; ce que celle-ci avait fait avec empressement, désirant obliger une des femmes qu'elle chérissait, qu'elle estimait le plus, et procurer en même temps à sa chère

Zélia une digne compagne de toutes ses folies.

Oh! combien alors la pauvre Marthe eut à supporter d'espiègleries de la part des deux inséparables! Il est vrai qu'elle en était amplement dédommagée par mille petits cadeaux et par les nombreuses commissions que lui donnaient à faire Zélia et Rosine, et dont elle était toujours bien payée; mais ce qui lui plaisait le plus, c'était le caquet brillant, l'inépuisable gaieté et les prouesses en tout genre des deux petites amies: elles lui rappelaient si délicieusement l'heureuse époque de sa jeunesse!

Marthe, pour aller chaque matin faire à la ville de Tours les commissions dont elle était chargée, possédait une ânesse qui, docile à ses moindres volontés, la secondait dans ses travaux et l'aidait à gagner la confiance de tous les habitants. Margot semblait connaître de quelle utilité elle était à sa pauvre maîtresse: jamais elle ne faisait un faux pas, se contentait d'une modique nourriture, et revenait chaque jour de la ville, chargée d'énormes paquets, s'arrêtant à la porte de chaque habitation où elle savait qu'il y avait des commissions à remplir, et s'approchait ensuite, avec docilité, du premier montoir qui se présentait, pour se charger de la pauvre vieille

accablée de fatigue : aussi Marthe aimait sa
fidèle ânesse comme une compagne, comme une
amie. C'était le seul être au monde à qui elle eût
le droit de commander. Mais Margot fit un bel
ânon noir, et fut contrainte de rester deux semaines entières à l'étable. Cet événement priva la
vieille Marthe de gagner, pendant ce temps-là,
ce qui était nécessaire à sa subsistance ; et, sans
quelques restes des cuisines de l'abbaye, que
Rosine et Zélia, auss. bonnes qu'elles étaient
étourdies, eurent soin de porter elles-mêmes à la
pauvre Marthe, elle n'aurait pu supporter un
manque de travail aussi long. Mais bientôt Margot, allaitant avec abondance son bel ânon, fut
en état de reprendre son service, et l'étonnante
activité de sa maîtresse, son exactitude à remplir
fidèlement les différentes commissions qu'on lui
confiait, réparèrent aisément le temps perdu.

Un événement imprévu vint encore augmenter
la satisfaction de Marthe, et ajouter un peu d'aisance à son sort. Madame d'Harneville, proche
parente de madame de Courcelles, femme d'un
avocat célèbre à la cour royale de Paris, venait
d'essuyer une maladie de poitrine qui avait failli
l'enlever à sa famille. Elle était venue, d'après
l'ordre de son médecin, passer l'été à la campa-

gne, afin d'y prendre le lait d'ânesse, qui seul
pouvait achever de rétablir sa santé. A peine arrivée à la terre de madame de Courcelles, où déjà
elle savourait l'air pur et délicieux de la Touraine, elle prit des informations nécessaires pour
se procurer le breuvage réparateur dont elle
avait besoin, et l'ânesse de la vieille Marthe lui
fut indiquée, comme fraîche laitière, et pouvant
remplir toutes les conditions nécessaires. On fit
donc venir la pauvre femme, et il fut convenu
qu'on lui achèterait un âne pour faire ses commissions, auxquelles rien n'eût pu la faire renoncer; et que, pour le loyer de son ânesse, qui serait nourrie au château, ainsi que son ânon, elle
recevrait de madame d'Harneville trente francs
par mois, avec l'espoir d'une récompense particulière, dans le cas où le lait de son ânesse achè-
verait de rétablir la santé de la convalescente,
si chère à ses nombreux amis par les rares qualités qu'elle réunissait.

Ah ! quelle bonne fortune pour Marthe ! trente
francs par mois outre ses commissions, et un âne
de plus à ses ordres ! mais il fallait se séparer
momentanément de Margot, si complaisante et
si douce. Cette idée tourmentait la bonne Marthe; elle ne s'y résolut que par la certitude et le

besoin de faire quelques économies pour l'hiver.
Pendant les beaux jours, elle ne manquait ni de
travail ni de commissions; mais, sitôt que les
premiers frimas venaient dépouiller les arbres de
leur feuillage et attrister la nature, presque tous
les riches propriétaires regagnaient la ville; il ne
restait plus à la campagne que les agriculteurs,
qui ne pouvaient procurer à la vieille commis-
sionnaire de quoi gagner sa vie. Oh! combien
son ânesse lui devenait chère par le prix inespéré
qu'on mettait à son lait! « Je ne serai donc point
obligée, se disait Marthe, d'implorer, pendant la
rigoureuse saison, les secours de mes voisins, les
aumônes du pasteur! je pourrai faire ma petite
provision de bois et de farine, garnir mon saloir,
et peut-être m'acheter un nouveau jupon de laine, pour remplacer l'ancien, si râpé, si rapiécé!..»
Aussi, dès qu'elle était revenue de la ville et que
ses commissions lui laissaient un instant de repos, elle accourait à l'abbaye visiter sa chère
Margot, qui se mettait à braire en la voyant, et
semblait lui exprimer tout le plaisir que lui faisait éprouver sa présence. La pauvre bête, par
son braiment réitéré, demandait en même temps
à Marthe de lui procurer la vue et l'approche de
son cher ânon, dont elle était séparée une grande

partie du jour, pour conserver son lait : et l'excellente femme, touchée de cet instinct naturel qui s'exprime si vivement, même chez les animaux, allait détacher l'ânon, qui accourait aussitôt se repaître du lait nourricier que lui destinait la nature ; mais à peine en avait-il sucé quelques gorgées et reçu les tendres caresses de sa mère, qu'il était impitoyablemet reconduit à son étable séparée, où, pour le dédommager du larcin qu'on lui faisait éprouver, il trouvait en abondance du son mouillé, du lait caillé et des herbes fraîches. On ne négligeait rien pour que ce jeune animal souffrît le moins possible des privations qu'il était indispensable de lui imposer.

L'ânesse remplit donc les souhaits ardents de sa pauvre maîtresse : son lait, aussi pur qu'abondant, porté matin et soir à madame d'Harneville, rétablit sa santé comme par enchantement. Deux mois s'étaient écoulés, et Marthe avait déjà reçu trois pièces d'or, qu'elle conservait comme un avare qui veille sur son trésor. Jamais elle n'avait possédé une somme aussi forte ; et le troisième mois allait s'écouler, lorsqu'une espièglerie de Zélia et de Rosine, dont elles étaient loin de sentir toute l'importance, faillit priver la malheureuse femme du juste fruit de ses sacrifices et d'une rétribution si nécessaire à ses besoins.

Il était indispensable, comme on vient de le voir, de séparer Margot de son ânon, qu'on ne relâchait de l'endroit où il était retenu qu'après avoir rempli le vase de lait destiné à madame d'Harneville. Ce n'était que vers le milieu du jour que la pauvre bête pouvait allaiter celui qu'elle avait fait naître, et goûter les inexprimables douceurs de l'amour maternel, sentiment aussi vif même dans une ânesse, et aussi fortement exprimé par elle que parmi les êtres les mieux organisés. Un soir que Margot, si bien soignée, avait pâturé comme à l'ordinaire, Marthe se dispose à tirer le lait qu'elle-même avait l'honneur de porter à la généreuse convalescente; mais quel est son étonnement d'en obtenir à peine quelques gouttes! Sa surprise redouble lorsque, voulant faire une nouvelle épreuve, l'ânesse, ordinairement et si facile et si douce, s'agite et l'évite brusquement : c'est en vain que la pauvre femme veut amadouer Margot, sa chère Margot; c'est en vain qu'elle lui présente dans un panier de l'avoine mêlée avec du son, lui passe sur le dos sa main caressante; aussitôt qu'elle veut la traire, celle-ci se met à ruer, et la menace de ses yeux flamboyants de colère. Pour la première fois depuis deux mois entiers, madame d'Harneville fut, à son grand regret, privée du breuvage devenu sa principale nourriture. « Sans doute, se dit-elle, ce n'est qu'un caprice, qu'un moment d'obstination de l'ânesse à ne pas livrer son lait; il faut bien s'y résigner. »

En effet, le lendemain matin elle reçut, rempli jusqu'au bord, son vase accoutumé; mais, le soir, nouvelle privation : l'ânesse fut tout aussi stérile que la veille. Marthe s'inquiète de cet étrange événement, dont elle était loin de deviner la cause. Elle ne pouvait penser que c'était l'espiègle Zélia qui, secondée par Rosine Bérard, s'amusait, dès que l'ânesse était de retour des champs et que les filles de basse-cour vaquaient aux travaux qu'on leur avait imposés, à délivrer l'ânon de l'étable où il était enfermé, et à lui faire téter sa mère à l'insu de tout le monde. Les deux jeunes étourdies s'amusaient beaucoup de la surprise et de l'embarras qu'éprouvait la vieille Marthe lorsqu'elle arrivait, le vase de porcelaine en main, pour traire son ânesse, dont elle ne recevait que des ruades. Cachées dans un coin de la basse-cour, elles riaient sous cape et s'applaudisaient en secret du bon tour qu'elles jouaient à la pauvre vieille, sans songer à tout le chagrin qu'elle éprouverait de la perte irréparable qu'elles lui feraient supporter. Il est de ces imaginations ardentes, inconsidérées, qui n'envisagent que ce qui flatte au premier abord, et que le premier succès d'un projet aveugle sur toutes les suites qu'il peut avoir. Tant il est vrai qu'il faut toujours songer à ce que le plaisir du moment ne soit pas payé cher par le chagrin de l'avenir.

En effet, madame d'Harneville, obligée, pour sa santé, de prendre le lait deux fois par jour, s'occupa sans relâche à se procurer une autre ânesse. L'affliction de Marthe fut profonde ; elle se voyait privée d'une rétribution qui devait lui donner une aisance tant désirée. Déjà même, croyant que Margot devenait stérile et d'un accès difficile, elle se disposait à la vendre à bas prix ; mais aurait-elle alors le moyen d'acheter un autre âne pour faire ses commissions ? et, si elle ne pouvait plus les faire, la voilà donc réduite à demander l'aumône, à finir ses jours dans un hôpital... Oh ! que de maux produits souvent par la plus simple cause !

Rosine et Zélia sentirent alors toute l'importance de la faute qu'elles avaient commise : elles

ne purent supporter l'idée de causer la ruine et
le malheur de la pauvre femme qu'elles aimaient
tant. La honte momentanée d'un aveu n'était
rien en comparaison des regrets cuisants qu'elles
se préparaient par un coupable silence. Elles ré-
vélèrent donc leur secret, et découvrirent le manége qu'elles avaient inventé pour tromper Marthe, sans réfléchir à tout le mal que pouvait produire leur étourderie. Elles reçurent de leurs
mères une vive remontrance : madame de Courcelles surtout, qui était aussi sévère, aussi inexorable pour les fautes du cœur, qu'elle était indulgente pour de simples espiègleries, fit connaître
à Zélia combien elle était blessé du tour perfide
qu'elle avait osé jouer à la vieille Marthe. Elle
ne lui pardonna qu'à condition qu'elle remettrait
à cette pauvre femme un quartier de la pension
qu'elle recevait pour ses menus plaisirs. Madame
Bérard, qui était revenue des eaux de Baréges,
imposa la même réparation à Rosine. Dès le soir
même, l'ânesse, dont le lait n'avait pas été tari
secrètement, procura à Marthe la jouissance d'offrir à madame d'Harneville le vase accoutumé.
La santé de cette dame fut entièrement rétablie,
et Marthe reçut, outre les trente francs par mois,
cinq pièces d'or, qui, avec ses économies, et les

amendes auxquelles Zélia et Rosine avaient été condamnées par leurs mères, composèrent à la bonne vieille un petit capital et une aisance dont avait failli la priver une simple étourderie. Aussi, lorsque les deux jeunes espiègles, entraînées par leur naturel et leur ardente imagination, jouaient quelques tours aux gens du château, aux habitants du voisinage, elles réfléchissaient toujours sur les effets qu'ils pourraient produire, et se disaient, même en folâtrant : « N'oublions pas le lait d'ânesse. »

LE BATEAU DE SAINT-CYR

OU

LE GROS CHIEN DE FERME.

A une demi-lieue de la ville de Tours, sur la riante levée qui conduit à Saumur, est un village adossé aux riches coteaux de la Loire, appelé *Saint-Cyr*, séjour remarquable par les délicieuses habitations qu'il renferme, par la beauté de ses fruits et l'exquise qualité de ses vins.

Au bas de ce coteau fertile et très-renommé, vis-à-vis la belle manufacture de tapis établie à Sainte-Anne, sur l'autre rive du fleuve, existe de temps immémorial un bateau qui passe et repasse les nombreux habitants de la ville et de la campagne. Il est ordinairement dirigé par un seul batelier, qui ne se sert que d'avirons plus ou moins longs, selon la hauteur des eaux de la Loire. Comme ce trajet, ordinairement assez prompt, évite beaucoup de chemin aux personnes qui se rendent dans la partie occidentale de la ville, ce bateau, pendant toutes les saisons de l'année, et surtout dans les beaux jours, est très-fréquenté.

Agathine Bertrand, orpheline et sans fortune, existait des bienfaits de son oncle maternel, propriétaire d'une manufacture de carreaux en terre cuite, située près le pont de la Mothe, sur le bord de la rivière. Cet excellent homme, veuf et sans enfants, avait réuni toutes ses affections sur Agathine, sa filleule, et, désirant l'établir d'une manière convenable à l'honnête fortune qu'il amassait par son industrie et son travail, il avait placé la jeune orpheline dans une des meilleures pensions de la ville, où elle se faisait distinguer par son aptitude et ses rares dispositions. Aussi

adroite au travail de l'aiguille qu'instruite dans
la langue, dans l'histoire et la géographie, Agathine, âgée à peine de treize ans, venait de remporter, dans le concours de l'année, le prix de
couture, et surtout celui d'estime, qui toujours
annonce un heureux caractère et l'heureux don
de se faire aimer. Ce double succès avait vivement touché son oncle : il voulait absolument
lui en prouver sa satisfaction. C'était l'époque
d'une des brillantes foires établies dans la ville
de Tours ; le mois d'août était arrivé. Agathine,
conduite par son père adoptif aux plus belles bou-
tiques qui garnissaient les terrasses adossées
aux murs de la ville, reçoit pour récompense de
l'honorable prix qu'elle a obtenu la permission de
choisir ce qui lui plairait le plus ; la jeune pensionnaire, aussi simple dans ses goûts que modeste par caractère, était en ce moment vêtue
d'une robe de percale blanche sans garniture,
d'un chapeau de paille orné d'un ruban rose, et
portait sur le cou un petit madras à carreaux
bleus et blancs. Son oncle s'attendait à ce qu'elle
choisirait quelque objet de prix, et suivait le
mouvement et l'expression de ses yeux, pour y
lire ce qui pourrait lui plaire. Aucune étoffe moderne, aucune broderie. aucun bijou ne put atti-

rer les regards de la jeune personne; mais, en
passant devant un magasin de nouveautés, où
flottaient au gré du vent plusieurs écharpes de
couleurs nuancées, Agathine s'arrête et s'écrie :
« Oh ! que c'est joli !... on dirait l'arc-en-ciel qui
luit après l'orage. » A l'instant même l'excellent
oncle fait emplette de la brillante écharpe, dont
il entoure la nouvelle Iris. Celle-ci, d'abord, rougit de plaisir, puis de modestie. Elle prétendit
que cette parure ne cadrait point avec la simplicité de ses vêtements, et qu'elle n'aimait pas à
paraître au-dessus de son état; mais son oncle per-
sista dans son offre, et soutint que sa fille d'adop-
tion, qui venait de remporter le prix d'estime,
devait être distinguée de ses rivales. « C'est justement, cher oncle, répondit l'aimable Agathine,
pour me montrer digne de ce prix si flatteur, que
je dois paraître toujours simple dans ma parure :
si je vous en croyais, je prendrais le ton et le costume des premières demoiselles de la ville, et je
me ferais moquer de moi. J'ai retenu, parmi les
principes que j'ai reçus, qu'on ne doit jamais
prendre que ce qui appartient à la classe qu'on
occupe dans le monde. — Mais j'ai de l'aisance,
mon enfant; je n'ai que toi pour mon héritière;
après tout, ma profession de manufacturier ne

me place ni au-dessus ni au-dessous de personne;
et l'éducation que tu as reçue te donne bien le
droit de porter une écharpe. Elle te va si bien !
et j'ai tant de plaisir à t'en voir parée ! » Il fallut
céder à d'aussi tendres instances; et, bien que la
modeste Agathine fût dans tout son ajustement
d'une grande simplicité, elle ne put être insensible au plaisir de porter l'élégante écharpe, qui lui
rappelait et son prix d'estime et la généreuse
bonté de son oncle.

Chaque fois que celui-ci réunissait quelques
amis à sa manufacture, et principalement le dimanche, il envoyait chercher Agathine à sa pension, par une ancienne bonne qui l'avait vue naître; et toutes deux, après avoir parcouru les
quais plantés d'arbres, dont est embellie la partie septentrionale de la ville de Tours, elles ga-
gnaient le bateau de Saint-Cyr et débarquaient
sur la rive en face, à peu de distance de la manufacture. La jeune pensionnaire ne manquait
jamais, quand il faisait beau temps, de se parer de l'écharpe qu'elle avait reçue de son oncle,
et qu'à ce titre elle conservait avec le plus grand
soin.

Un dimanche, au commencement de septem-
bre, lorsqu'elle traversait la Loire avec sa bonne,

dans le bateau de Saint-Cyr, on entend les cris
de plusieurs petits villageois qui, longeant le
bord de l'eau, se repaissaient du cruel spectacle
d'un gros chien de ferme au cou duquel on avait
attaché une pierre, et qui, malgré tous ses efforts,
cédant au cours du fleuve, était à moitié noyé.
Quelquefois, cependant, il soulevait encore avec
peine sa tête au-dessus de l'eau, et paraissait
éviter la mort dont il était menacé. Il passait à
peu de distance du bateau, vers lequel il portait
un regard presque éteint, et qui semblait appeler à son secours. Le batelier, s'imaginant abréger l'agonie du pauvre animal, lève en l'air son
grand aviron, et se dispose à lui en asséner un
coup sur la tête : « Arrêtez ! s'écrie Agathine ;
eh ! quel mal vous a fait cette pauvre bête ?... »
Elle détache aussitôt son écharpe qui lui est si
chère, en jette un bout sur le chien : celui-ci le
saisit dans sa gueule avec le peu de forces qui
lui reste ; de l'autre bout, Agathine l'attire au
bord du bateau ; on coupe la corde qui attache à
son cou la pierre sous le poids de laquelle il suc-
combait ; et à l'aide de plusieurs passagers et du
batelier lui-même, touché du généreux élan de la
jeune personne, le pauvre animal est étendu
dans le bateau, où il reste d'abord quelques

instants hors d'haleine et comme anéanti; mais,
peu à peu se ranimant, il se traîne vers sa jeune
libératrice et lui lèche les pieds. Elle veut préserver sa robe de percale : le chien lui lèche la main;
et appuyant son énorme tête sur un de ses genoux, il la regarde avec une expression qui semble lui dire : « Je vous rends grâce de m'avoir
sauvé la vie. » Le bateau atteint l'autre rive du
fleuve; Agathine en sort avec sa gouvernante et
s'aperçoit que le gros chien la suit à la trace :
elle s'arrête et lui fait signe d'aller rejoindre son
maître; le pauvre animal se couche à plat ventre
et la regarde d'un air qui disait clairement : « Je
me donne à vous. » Il fut en effet impossible de
l'empêcher de suivre Agathine jusque chez son
oncle, à qui elle s'empressa de raconter son aventure. « Mon écharpe est un peu déchirée, lui dit-
elle; mais le chien existe encore. » A ces mots,
celui-ci remue la queue en signe de joie, et revient de nouveau lécher les mains de sa libératrice. « Mais peut-être, lui dit son oncle, est-ce
un chien malade. — Oh! non, répondit Agathine, il est trop caressant, il est trop expressif :
voyez le calme et la bonté de son regard; d'ail-
leurs, on peut s'en assurer. » On offre aussitôt
un morceau de pain à l'animal, qui le dévore :

bientôt il reprend sa vivacité naturelle, fait mille
bonds joyeux, aboie d'une voix sonore, retentis-
sante, et revient toujours se coucher aux pieds
d'Agathine, dont il est impossible de le séparer.
Il la suit partout : il a les yeux constamment attachés sur les siens, pour obéir au moindre signe
qu'elle lui fait ; et pendant la nuit entière qu'elle
passa à la manufacture, il se coucha le long de
la porte de sa chambre, grinçant des dents à
ceux qui voulaient le faire retirer, et prenant
possession du terrain, où il paraissait s'établir en
sentinelle vigilante. Le lendemain matin, dès
qu'Agathine ouvre sa porte, il vient humblement
lui lécher les mains, puis il sort et va l'attendre
dans la cour, où il met à la raison les chiens de
la manufacture qui veulent le troubler dans son
service, et le contrarier dans la ferme résolution
qu'il a prise. Agathine se sépare de son oncle et
regagne le bateau de Saint-Cyr; le chien la suit.
Le batelier s'oppose à ce qu'il accompagne sa
nouvelle maîtresse; il se jette à la nage et la rejoint sur l'autre rive, l'accompagne jusqu'à sa
pension, où il n'ose entrer; mais il reste couché
sur le seuil de la porte, d'où personne ne peut le
faire déguerpir. Agathine, qui s'en aperçoit, lui
fait donner à manger. Il ne quitte pas l'entrée de

la pension, et, profitant enfin du porteur d'eau qui vient faire la provision d'usage, il entre furtivement derrière lui, pénètre dans la grande classe où se trouve Agathine, vient en tremblant lécher ses chaussures, et se couche devant elle. Le moyen de résister à de si touchantes marques d'attachement et de reconnaissance ? Agathine ne peut s'empêcher d'adopter cet excellent animal, et lui fait signe de gagner la cour du pensionnat, et de se retirer dans un bûcher, où elle se fait préparer pour lui de la paille : il obéit et ne revient plus importuner sa jeune maîtresse que lorsqu'elle l'appelle. Enfin, le dimanche suivant, elle retourne chez son oncle : le chien la suit, traverse de nouveau la Loire à la nage, tandis qu'elle la passe dans le bateau de Saint-Cyr, et l'accompagne à la manufacture, où il fait mille nouveaux traits de dévouement et de fidélité.

On prend des informations, et l'on découvre que cet animal appartient à un riche fermier des environs de Tours : conduit dans une auberge, il avait voulu défendre le porte-manteau de son maître, attaché sur la croupe de son cheval ; des garçons d'écurie, qu'il avait mordus pour remplir son devoir de gardien fidèle, l'avaient garrotté, et, après lui avoir attaché une énorme pierre au

cou, étaient allés le jeter à la rivière, d'où l'avait
sauvé la jeune pensionnaire, qu'il ne voulait plus
quitter. En effet, c'était en vain que le fermier
venait le chercher à la manufacture et l'emmenait
attaché à la queue de son cheval; dès que la pauvre bête était libre, elle revenait, soit au pont de
la Mothe, soit à la pension d'Agathine, auprès de
laquelle il trouvait toujours les moyens de pénétrer. Il finit enfin par établir entre elle et son oncle une correspondance aussi touchante que remarquable. Celui-ci fit une maladie qui, sans mettre ses jours en danger, le retint longtemps au
lit. Agathine brûlait du désir d'avoir chaque
jour des nouvelles de son père adoptif; et l'infatigable *Dragon*, c'est ainsi que l'appelait le fermier qu'il allait visiter souvent, l'infatigable
Dragon s'établit l'émissaire entre l'oncle et la
nièce. Au moyen d'un petit sac de cuir qu'on
avait ajouté à son collier, il allait de la manufacture à la ville, porter les nouvelles du cher malade, qui traçait quelques mots de sa main pour
sa chère Agathine, dont il recevait, une demi-
heure après, la réponse et les remercîments.
Quelquefois, cependant, Dragon mettait un peu
de temps à remplir son message, car lorsque le
bateau de Saint-Cyr, où maintenant le batelier

le recevait gratis, était de l'autre côté du fleuve,
le chien prenait sa course le long du rivage, ga-
gnait le pont de Tours, l'un des plus beaux de
l'Europe, et en vingt minutes il était à la pension, où toujours il recevait un gros morceau de
pain et léchait la main généreuse qui le lui présentait.

Mais, quand revinrent les beaux jours, Dragon
redoubla de zèle et d'activité. Devenu cher à l'on-
de d'Agathine, il portait chaque matin à cette
dernière, dans un petit panier couvert, dont l'an-
se garnie de linge ne pouvait lui blesser la
gueule, les fleurs les plus fraîches, les fruits les
plus nouveaux. Dragon n'attendait plus à la porte
de la pension, où il avait acquis ses grandes en-
trées; c'était à qui l'introduirait, dès qu'il aboyait
dans la rue. Reprenant alors son panier entre ses
dents, il venait le déposer, en remuant la queue,
devant sa jeune maîtresse, et lui offrait de quoi
augmenter son déjeuner et celui de ses plus chères compagnes. Le chien revenait à la manufacture, mais sans se presser : sa commission était
faite. Aussi le voyait-on souvent attendre sur les
bords de la Loire que le bateau de Saint-Cyr re-
vînt de son côté, pour le passer et lui éviter le
grand tour.

Tant d'instinct, de zèle et de services variés rendirent Dragon fameux dans tout le pays : on le citait comme le modèle de la plus rare intelligence. Agathine, en appuyant tendrement sa main sur sa grosse tête velue qu'il baissait humblement, se félicitait sans cesse de lui avoir sauvé la vie, et son oncle n'appelait plus Dragon que son *fidèle*. Mais ce titre devint encore plus digne de cet animal par un événement inattendu dont je suis heureux de faire ici le récit.

Agathine était sortie de pension ; elle habitait chez son oncle, qu'elle ne devait plus quitter, et dont elle se faisait un devoir, autant qu'un plaisir, de gouverner la maison. Elle aimait à faire des promenades dans ces riantes prairies qu'arrose la petite rivière de la *Choisille*, vallon délicieux qui offre en quelque sorte la réalité de ces Champs-Élysées décrits dans la mythologie. Dragon l'y accompagnait toujours, car elle ne pouvait faire un pas sans que cette excellente bête ne courût sur ses traces, à moins que d'un seul coup d'œil sa maîtresse ne lui défendît de la suivre ; il obéissait alors, en attachant sur elle ses regards attristés jusqu'à ce qu'il l'eût perdue de vue. Dragon était devenu d'une force prodigieuse ; rien ne pouvait échapper aux atteintes cruelles de ses dents quand il était excité ; mais rarement il en avait l'occasion : son sort était si doux à la manufacture, où chacun l'aimait, le caressait, où tous les autres chiens le redoutaient et lui paraissaient soumis ! On était à la fin du mois d'août, époque où les bestiaux de toute espèce viennent dans les prairies paître l'herbe nouvelle. Agathine, accompagnée de son oncle et suivie du chien fidèle, longe les bords de la petite rivière et remonte jusqu'au moulin de *Charcenay.* Elle était simplement vêtue, et portait sur ses épaules un ample châle de mérinos rouge, afin de se préserver de la rosée du soir, ordinairement très-abondante à la fin de l'été. Tout-à-coup elle entend les pâtres crier : « Garde à vous, mamzelle !.. garde à vous !... » Elle se retourne et aperçoit un jeune taureau que la couleur de son fichu avait effarouché, et qui courait sur elle en poussant d'horribles mugissements : l'oncle d'Agathine veut avec sa canne la soustraire à cette attaque dangereuse ; mais il est renversé d'un coup de corne, qui ne lui fait heureusement qu'une légère blessure au bras. Agathine fuit éperdue à travers la prairie, et le taureau, plus furieux que jamais, est au moment de l'atteindre, lorsque Dragon, le poil hérissé et les yeux flamboyants de colère, s'élance au flanc du féroce animal et lui fait une énorme blessure qui l'arrête dans sa course. Celui-ci redouble de mugissements et de rage; le chien, dont les élans sont prompts comme l'éclair, évite ses ruades, lui saute à la gorge, se roule et s'enlace avec lui sur la poussière, où après mille bonds et les plus grands efforts, il l'étend sans mouvement et sans vie. Il rejoint aussitôt sa jeune maîtresse évanouie dans les bras de son oncle et des pâtres, lui lèche les pieds, les mains, le front, et semble, par ses caresses, témoigner la joie qu'il éprouve.

Agathine, ayant repris ses sens, carosse et remercie l'intrépide Dragon; mais, en passant la main sur sa tête couverte d'écume et de poussière, elle s'aperçoit que le chien fait un mouvement douloureux; elle découvre une profonde blessure qu'il avait reçue dans le combat : un coup de corne du taureau l'avait atteint derrière l'oreille, et le sang coulait en abondance. Avec quel empressement et quel zèle elle panse elle-même cette précieuse blessure! elle la lave d'abord à la rivière, la couvre de son mouchoir dont elle fait une compresse, et l'enveloppe de ce fichu rouge qui a failli causer sa mort! Regagnant ensuite avec son oncle la manufacture, l'on y redou-

ble de soins pour le libérateur de la jeune personne. Le médecin vétérinaire consulté déclare
que la blessure du chien, quoique profonde, n'est
pas mortelle ; et chaque fois qu'Agathine en renouvelait elle-même l'appareil, elle lui répétait
avec émotion : « Bon Dragon, je te dois la vie. »
Et, à la honte de tant d'ingrats qui comptent
parmi les hommes, le chien fidèle la regardait
avec des yeux où brillait la joie la plus vive, et
semblait lui répondre : « Je n'ai fait que m'acquitter envers vous. »

LE TABLEAU DE FÊNELON

OU

LA FORÊT DE VILLANDRY.

Rien ne reste gravé plus profondément dans
notre mémoire qu'un fait historique offert à nos
yeux par la peinture. Nous voyons le lieu de la
scène; nous nous identifions avec les personnages; nous prenons part à l'action. On ne saurait
donc apporter trop de soins au choix des tableaux

ou des gravures qu'on offre aux regards de la jeunesse ; ils influent plus qu'on ne le pense sur ses goûts, sur ses penchants.

M. Germont, l'un des avocats les plus distingués de la Touraine, homme aussi modeste qu'éclairé, avait deux filles, Théonie et Clara, nées à un an de distance l'une de l'autre, et se faisant remarquer, quoique à peine âgées de douze à treize ans, par leur instruction, leurs manières à la fois simples et distinguées, et surtout par ce généreux élan du cœur, qui cherche partout à faire quelque bien. Elles avaient puisé cette heureuse habitude dans les modèles que leur offraient leurs dignes parents, et dans les vives impressions que leur faisaient éprouver les différentes images que sans cesse elles avaient sous les yeux dans la maison paternelle : toutes offraient les traits les plus touchants de la bienfaisance et de la charité. Là, saint Vincent de Paul ramasse dans son manteau un enfant naissant et presque nu, qu'il trouve exposé sur un tas de paille, dans une rue de Paris, à l'entrée de la nuit, pendant un hiver rigoureux. Ici, *Sophie d'Isenbourg*, princesse de Souabe, présente son sein à l'enfant d'une pauvre veuve dont la misère et la faim avaient tari le lait nourricier. Plus loin, Henri IV laisse passer des vivres aux habitants de Paris, qu'il assiégeait pour conquérir sa couronne. Enfin, parmi plusieurs sujets du même genre, sont appendues les deux belles gravures dont l'une représente Fénelon lors de la bataille de Malplaquet, pansant lui-même les soldats blessés qu'il recueillait dans son palais, transformé par ses soins pieux en hôpital militaire ; et l'autre retrace ce beau trait de charité, si connu parmi le peuple, celui où l'illustre auteur de *Télémaque*, dont l'inépuisable bonté ne pouvait être comparée qu'à son immortel génie, ramène lui-même une vache égarée qu'il avait trouvée dans une de ses promenades solitaires, et qu'il s'empresse de restituer à une famille de pâtres dont elle était l'unique soutien.

Ce trait de bienfaisance et d'humilité chrétienne était, de tous les sujets historiques présentés aux regards des deux jeunes sœurs, celui qui les touchait le plus vivement, et remplissait leurs âmes de la plus respectueuse admiration. « Quoi! se disait Théonie, il se peut qu'un archevêque s'abaisse au point de conduire lui-même une vache égarée ; de l'escorter à pas lents, la corde à la main! — Loin de s'abaisser en cela, lui répondait M. Germont, Fénelon ne fut jamais plus grand, et ne s'acquit jamais autant de droits à l'immortalité. — Oh! dit à son tour Clara, combien ces bons pâtres durent être ravis, étonnés, en voyant leur archevêque accompagner la pauvre bête qu'ils regrettaient tant! — Leur joie fut grande, sans doute, lui répliqua son père; mais pas plus que celle du vertueux prélat. Celui qui fait du bien jouit encore plus que celui même qui le reçoit. Mais jugez, mes enfants, dans quelle inquiétude on était à Cambrai! un grand nombre des habitants se mirent à la recherche de leur illustre pasteur, que bientôt ils aperçurent porté sur les bras des villageois qu'il avait tirés de peine. Fénelon avait marché si longtemps, que ses chaussures étaient déchirées, et qu'il était accablé de fatigue. Quelle leçon de charité! quel attendrissement pour tous ses diocésains, qui le chérissaient comme un père! — Ah! nous ne sommes plus étonnées, reprirent les deux sœurs, qu'on en parle avec tant de vénération; et nous ne rencontrerons jamais dans nos promenades une vache égarée, sans songer à Fénelon. »

Elles allaient ordinairement passer avec leur père une partie de l'automne dans une habitation commode et sans aucun luxe, mais importante par le produit du sol, et placée dans un site ravissant, près de la forêt de Villandry, sur la grande route qui conduit de Tours à Chinon. Là, parmi les bonnes lectures que leur permettait M. Germont, elles lisaient avec délices les *Aventures de Télémaque* et des rois.

Le temps de l'automne est celui des grandes chasses : elles offrent, en Touraine, une chance heureuse à ceux qui recherchent cet exercice. A quelque distance de l'humble habitation de M. Germont, était le château de Villandry, l'un des plus heureusement situés de la Touraine, puisqu'il se trouve à l'embouchure de l'Indre et du Cher, qui, tout près de là, se jettent dans la Loire. Rien de plus pittoresque, de plus riche et de plus délicieux que la réunion de ces trois rivières, que l'aspect des îles riantes et nombreuses qu'elles entourent. Nulle part on ne peut mieux que dans ce beau séjour admirer le chef-d'œuvre de la création. Le propriétaire de ce château magnifique, l'un des banquiers les plus renommés de la capitale, y étalait un grand luxe : il y avait établi surtout un train de chasse qui pouvait le disputer à celui d'un prince, d'un souverain même. Nommé louvetier du département, il faisait souvent, autant par devoir que par plaisir, des battues dans la belle forêt de Villandry; et, de concert avec les grands propriétaires des environs, il devait poursuivre plusieurs loups qui, depuis quelque temps, faisaient dans le pays un ravage effrayant. Théonie et Clara obtinrent de leur père la permission d'aller, avec Germain, le vieux domestique, voir défiler sur la route de Chinon ce cortége de chasseurs réunis. Elles se faisaient une fête d'entendre le bruit des cors, les cris des piqueurs, l'aboiement d'une meute nombreuse; de voir ce mouvement continuel d'hommes, de chevaux et de chiens parcourant toutes les sinuosités d'un bois immense, pour se retrouver ensuite au lieu indiqué où la halte devait avoir lieu. Le vieux serviteur accompagna donc les deux jeunes sœurs, et jouit avec elles de ce spectacle enchanteur. On détruisit, ce jour-là, cinq loups énormes, qui jetaient la terreur dans les bergeries des environs. Jamais *hallali* ne fut plus joyeux; jamais halte ne fut plus brillante.

Mais déjà la nuit, qui à cette époque était aussi longue que le jour, commençait à paraître sur l'horizon; bientôt les chasseurs se dispersèrent et regagnèrent leurs habitations respectives. Le fidèle Germain retournait à celle de M. Germont, avec ses deux jeunes maîtresses, lorsqu'en appro-

chant des limites de la forêt ils entendirent des
cris plaintifs; ils avancent, et soudain ils aper-
çoivent, sur le bord de la grande route, une
vieille villageoise assise, le visage caché dans
ses mains; des larmes coulaient en abondance le
long de ses doigts décharnés; et, au milieu de
ses sanglots, elle invoquait le ciel, qui venait en
ce moment même à son secours, en faisant passer
devant elle ces deux anges de bonté. « Qui vous
fait pleurer de la sorte? lui demandèrent à la fois
Théonie et Clara. — Hélas! mes bonnes demoiselles, j'ai perdu tout ce que je possédais au monde. » Les deux sœurs l'invitent à s'expliquer; et
la vieille, enhardie par leurs voix si compatis-
santes, et elle-même naturellement encline à ba-
biller, leur apprend d'abord qu'elle est une pauvre veuve sans enfants, et par conséquent privée
de tout soutien; elle raconte ensuite qu'après
avoir économisé pendant plusieurs années et
prélevé sur les besoins de sa vie une modique
somme, elle avait acheté deux beaux chevreaux
blancs, qui, par ses soins et ses sacrifices, étaient
devenus les plus belles chèvres du canton. « J'
les avais amenées, ajoute-t-elle, paître dans les
broussailles qui bordent la forêt, et m'occupais à
filer ma quenouille, quand tout-à-coup, effrayées

par c'te chasse aux loups qui vient d'avoir lieu, poursuivies par ces vilains grands chiens d' meute, qui n'en auraient fait qu'une bouchée, elles ont pris la fuite à travers le bois : j' les avons suivies tant qu' j'ons eu d' forces, les app'lant à grands cris ; mais j' les avons perdues d' vue ; et j' croyons ben qu' je n' les r'verrons jamais. — Pourquoi cela? répliqua vivement l'aînée des deux sœurs : Fénelon a bien su retrouver la vache des pâtres ; nous saurons, de même, vous ramener vos deux chèvres. — L'une s'appelle Gogo et l'autre Baby ; elles viennent à vous dès qu'on les appelle, et mangent dans la main ; et puis la plus forte porte au cou un grelot, qui fait qu'on peut l'entendre d' loin dans la forêt. Ah ! si vous pouviez m' les ram'ner, comme j' prierais l' bon Dieu pour vous !... mais el' sont si loin, si loin ! p't-être même qu'à c' moment les chiens les ont dévorées... » A peine la pauvre veuve achevait ces mots, que les deux sœurs avaient disparu dans l'épaisseur du bois, avec le vieux Germain, qui déjà murmurait de la course qu'on lui faisait faire. En effet, Théonie et Clara parcoururent un long espace et de nombreux circuits, tantôt prêtant une oreille attentive, tantôt appelant à pleine voix : « Gogo !.. Baby !... » Rien ne répondait à leurs cris, rien ne les encourageait dans leur pénible démarche. Elles voulaient s'enfoncer plus avant encore dans la partie du bois la moins fréquentée; mais leur fidèle serviteur les en empêcha, en leur faisant observer que, si elles prenaient indistinctement à travers les arbres, elles s'égareraient à coup sûr et ne pourraient de toute la nuit peut-être sortir de la forêt.

Cependant l'obscurité commençait par degrés à se répandre; il ne restait plus qu'un faible crépuscule qui permettait à peine de distinguer les objets. La vieille, toujours à la même place, écoutait avec toute l'attention dont elle était capable : elle n'entendait que le monotone frémissement des feuilles et les cris lugubres des oiseaux de nuit, sortant alors de leur repaire. Tantôt la pauvre chevrière s'agenouille et prie pour ses jeunes bienfaitrices; tantôt elle s'imagine... on est si défiant dans le malheur! que ces deux demoiselles veulent s'amuser à ses dépens et lui font croquer le marmot, tandis que peut-être elles sont retournées à leur demeure, où elles rient de la crédulité de la pauvre femme qui les attend. Déjà même elle murmure entre ses dents et se dispose à gagner sa cabane, lorsqu'elle aperçoit un homme à cheval qui l'aborde, inquiet, agité, et lui demande si elle n'aurait pas vu passer deux jeunes personnes de douze à treize ans, simplement vêtues et accompagnées d'un vieux domestique. « Oui, répond la veuve, elles m'ont fait accroire qu'el' z'allaient chercher mes chèvres dans la forêt; mais j' vois bien qu'el' se sont gaussées d' moi, et qu'el' voulaient m' faire passer la nuit à la belle étoile. — Elles en sont incapables, dit l'inconnu (c'était M. Germont lui-même). Jamais les infortunés ne leur ont inspiré que le désir de leur être utiles. » Il fait alors plusieurs questions à la vieille, qui lui raconte naïvement tout ce qui s'était passé. « Je vois bien, se dit tout bas M. Germont, que l'imagination frappée du trait touchant de Fénelon..... mais elles se seront sans doute égarées dans ces bois; profitons du crépuscule qui luit encore pour aller à leur secours. » Il entre aussitôt dans une grande allée de la forêt qu'il parcourt à bride abattue, et disparaît à son tour.

Bientôt la vieille chevrière croit entendre des cris de joie que répètent les échos dans le lointain, et qui s'approchent par degrés. Bientôt elle croit reconnaître la voix d'une des deux inconnues, s'écriant : « Les voilà!... les voilà!... » Enfin elle entend très-distinctement le grelot que Gogo portait à son cou, et dont le son fait vibrer de saisissement le cœur oppressé de la pauvre femme. « Je n' m'étais donc point trompée, se dit-elle, et ces deux d'moiselles m' ramènent mes excellentes bêtes? » A ces mots reparaissent à la lisière du bois Théonie et Clara, couvertes de sueur et tenant chacune une chèvre avec un mouchoir fortement attaché à ses cornes. Leurs vêtements étaient déchirés par les épines et les branches d'arbres, leurs chaussures ne leur tenaient qu'à peine aux pieds; mais leur figure était rayonnante de cette inexprimable ivresse que produit une bonne action. Derrière elles marchait le vieux Germain, se traînant avec effort, et touchant les deux animaux avec une baguette de coudrier qu'il avait cueillie dans la forêt. Il voudrait bien gronder ses jeunes maîtresses de leur imprudence, de l'inquiétude qu'elles doivent donner à leur digne père en rentrant aussi tard; mais le succès de leur entreprise lui ferme la bouche.

Comment exprimer la joie de la vieille femme en revoyant ses deux chèvres, unique soutien de son existence? Elle leur touche la tête, pour bien s'assurer que ce sont elles; et les pauvres bêtes bêlent de joie en la revoyant, et lèchent les mains

qui leur avaient prodigué tant de soins. Celles de
Théonie et de Clara furent mouillées des larmes
de la reconnaissance. Les pâtres, en recevant
leur vache des mains de leur archevêque, ne
rendirent pas plus de grâces à Dieu que ne lui
en rendait en ce moment la chevrière pour les
deux anges qui l'avaient secourue avec tant de
dévouement et de courage. M. Germont, attiré
lui-même par les cris joyeux qu'il avait entendus, revint sur ses pas, et ne put s'empêcher
d'être vivement touché du tableau qui s'offrait à
ses regards ; il voulut, de son côté, contribuer au
bien-être de la chevrière; il lui offrit d'être la
surveillante de sa basse-cour, ordinairement très-
peuplée de toutes sortes d'animaux domestiques.
La bonne vieille accepta cet emploi, qui conve-
nait si bien à ses habitudes et lui assurait le bonheur pour tout le temps qu'elle avait à vivre.
Théonie et Clara se félicitèrent plus encore de ce
qu'elles avaient fait pour cette pauvre femme; et,
depuis cet heureux jour, elles ne cessèrent d'é-
prouver l'influence de la peinture sur les mœurs,
et conservèrent toute leur vie le touchant souvenir du tableau de Fénelon.

LE CHATEAU DE CHENONCEAUX

ou

LES PORTRAITS HISTORIQUES.

De toutes les belles habitations qu'on remar-
que dans la Touraine, et qui nous offrent des souvenirs attachants, il n'en est point de comparable
au château de Chenonceaux. Qu'on se figure un
vaste bâtiment tout à la fois gothique et moderne,
s'élevant sur un pont construit au-dessus du
Cher! qu'on se représente une salle de bains et
des offices pratiqués dans les piles qui séparent
les arches, une bibliothèque et un salon, sous le
parquet desquels passent les nombreux bateaux
allant à dix lieues de là se jeter dans la Loire!
En un mot, qu'on invente dans son imagination
tout ce que la nature et la féerie même pourraient former de plus ravissant, de plus romanti-
que, de plus varié dans ses détails; ce rêve enchanteur est, pour ainsi dire, réalisé dans ce lieu
de délices qu'ont chanté tour à tour les poètes les
plus célèbres, que citent dans leurs écrits un

grand nombre d'historiens, et que chaque jour
encore retracent sous leurs pinceaux les peintres
avides de la belle nature.

Qu'on ajoute à ce prestige irrésistible celui non
moins puissant des grands noms que rappelle
cette ancienne demeure des rois, et qu'on se dise :
« C'était là que François Ier s'entretenait avec
Bayard du bonheur et de la gloire de la France...
C'était dans ce parloir que le monarque ami des
lettres recevait dans son intimité Ronsard et Clé-
ment Marot... Ce fut sous ces ombrages que Ma-
rie Stuart et Anne de Boulen, alors brillantes de
jeunesse et de beauté, promenèrent leurs tristes
rêveries... C'est dans ce mystérieux oratoire qu'a
prié tant de fois Claude de France, fille de
Louis XII. Les voilà, ces souterrains où, lors de
la conjuration d'Amboise, Diane de Poitiers dé-
roba l'élite des chevaliers français à la rage de
Catherine de Médicis... Enfin, c'est sur ces belles
rives du Cher que Delille écrivit des fragments
de son poème des Jardins; Thomas, quelques-
uns de ses éloges historiques; Barthélemy, l'in-
troduction de son Anacharsis; etc. »

Aussi n'est-il aucun habitant de la Touraine
qui n'aille saluer ce monument de tant de célébrités; n'est-il aucun étranger qui ne s'empresse

d'aller y chercher de nobles inspirations. Ce qui surtout augmenta, pendant longtemps, le nombre des visiteurs de ce beau séjour, c'était l'accueil qu'on y recevait de la femme si distinguée à laquelle il appartenait. Madame Dupin semblait être la légataire de Diane de Poitiers; elle savait répandre à Chenonceaux tout ce que la grâce, l'esprit et la bonté ont de touchant, de brillant et d'enchanteur. Elle y attirait les personnes qui s'étaient fait un grand nom dans les lettres, dans les arts, et celles qui honoraient le plus la France par leurs hauts faits d'armes et la gloire de leurs ancêtres. Elle y faisait, pour ainsi dire, revivre cette brillante cour de François Ier, dont on retrouve encore à chaque pas les traces, les chiffres et les armes. On se croyait reporté au commencement du seizième siècle. Jamais le beau jardin de la France, qui donna le jour à tant de femmes célèbres, n'en posséda de plus aimable et de plus digne d'éloges que madame Dupin. J'étais jeune encore lorsque j'eus l'honneur de lui être présenté; et le charme de son regard, le son de sa voix pénétrante, la grâce répandue dans toute sa personne, sont restés dans mon souvenir. Elle me donna de son sexe une idée qui m'éblouit, remplit mon cœur d'un sentiment profond;

et peut-être suis-je redevable à cette première
impression de l'attachement respectueux, inaltérable, que j'ai voué aux femmes, à qui je
dois mes succès les plus flatteurs.

Cet hommage, qu'il m'est si doux de pouvoir
rendre à la mémoire d'une personne longtemps
l'ornement de ma belle patrie, me conduit naturellement à celui que mérite aujourd'hui la femme
qui lui succède, et dont la gracieuse urbanité
accueille indistinctement tous les étrangers qui
vont visiter Chenonceaux.

Pour donner plus de charme encore à tous les
souvenirs qu'offre ce lieu ravissant, madame la
comtesse de V***, dont le goût égale l'instruction, s'est occupée à réunir, dans une grande
salle du château, les portraits des personnages
les plus marquants sous le règne de François Ier.
Cette galerie historique, classée avec le plus
grand soin, produit un effet magique dans ce
même endroit où le Père des lettres éprouvait
chaque jour qu'elles étaient un des plus beaux
fleurons de sa couronne. Il semble, en effet, qu'à
l'aspect de ces images fidèles de ces célébrités
du temps, on soit admis à la cour du vainqueur
de Marignan, et qu'on participe aux plaisirs, à
l'éclat dont il environnait son trône.

Mais, pour être admis dans ce muséum du
seizième siècle, il faut écrire son nom, son pays
et sa profession sur un registre que présente le
concierge; et c'est après qu'ils ont été commu-
niqués à la dame du château qu'on est reçu dans
les appartements. Un beau jour du mois de mai,
époque où la nature est revêtue de toute sa parure, plusieurs voitures entrèrent dans l'avenue
plantée d'arbres antiques, et bientôt une tren-
taine d'étrangers, dont l'extérieur annonçait l'o-
pulence et même un rang élevé, furent introduits
dans la salle d'armes du rez-de-chaussée, de là
dans la chapelle, parfaitement conservée, et enfin
dans l'immense galerie qui traverse le Cher, et
sur les murs de laquelle sont un grand nombre
d'inscriptions en différentes langues. Le concierge, suivant l'usage, fait écrire à chaque individu
les indices exigés, qu'il va mettre sous les yeux
de la comtesse. Celle-ci, voyant les noms des plus
honorables familles des environs, entre autres
celui d'un lieutenant-général des armées, qu'ac-
compagnaient ses deux filles, renvoie le concierge inviter les personnes qui visitaient la galerie
à passer dans le salon bleu, dont les draperies
sont ornées du chiffre de François Iᵉʳ, dans lequel
sont réunis les portraits des plus illustres contemporains du monarque.

Parmi les visiteurs qui lisaient avec intérêt et curiosité les inscriptions tracées dans la galerie, étaient plusieurs habitants de la petite ville de Bléré, située à une lieue de Chenonceaux. Toujours bien reçus par la comtesse, ils avaient amené deux jeunes filles, modestement vêtues, et dont l'extérieur annonçait une honnête obscurité. Elles prenaient au crayon des notes, et semblaient recueillir quelques renseignements historiques. Elles avaient signé sur le registre : Cécile et Suzanne de La Tour, filles de militaire et natives de Nancy. Le général et ses enfants avaient passé plusieurs fois devant elles sans les remarquer. Leur extérieur était si mince, et leurs yeux baissés, leur maintien gêné, timide, annonçaient qu'elles avaient si peu d'usage!... Elles suivirent toutefois les visiteurs, et furent admises dans le salon bleu, qu'elles n'étaient pas moins impatientes que les autres de connaître et d'étudier. Humblement retirées dans un coin, et restant debout, elles contemplaient avec un intérêt dévorant les portraits offerts à leurs regards, et prêtaient une oreille attentive à tout ce que disaient les différentes personnnes admises comme elles dans ce riche salon. Elles ne tardèrent pas à s'apercevoir que les deux filles du général parlaient

avec prétention sur les personnages les plus célèbres composant cette imposante réunion, et
qu'elles affectaient d'étaler un grand savoir. Plus
d'une fois même, en parlant avec une volubilité
qui prouvait combien elles étaient peu versées
dans la science de l'histoire, elles portaient sur
Cécile et Suzanne un regard qui semblait dire :
« Pauvres petites, vous ne pouvez pas nous comprendre, et tout votre mérite se borne sans doute
au travail de l'aiguille. » Les deux jeunes sœurs
baissaient alors leurs grands yeux observateurs,
et leur rougeur confirmait, en apparence, tout
ce que pensaient d'elles les deux demoiselles si
vaines de leur érudition.

Mais quelques anachronismes qui échappèrent
à celles-ci, quelques erreurs sur le caractère et
les hauts faits des grands personnages contemporains de François Iᵉʳ amenèrent une scène très-
remarquable, et prouvèrent que l'on s'expose à
d'étranges déconvenues lorsqu'on a la manie de
citer à tort et à travers, et de montrer son savoir,
le vrai mérite s'enveloppant toujours du voile de
la modestie.

Un des portraits les plus remarquables était
celui de François Iᵉʳ, par Le Titien. A cette belle
figure franche, ouverte, à ce sourire gracieux,

chacun avoue que la couronne de France ne fut
jamais posée sur une plus belle tête. Celui-ci pré-
tend que Louis XII ne pouvait avoir un plus digne successeur; celui-là, moins instruit en chro-
nologie, s'imagine que François était le fils du
Père du peuple : aussitôt la fille aînée du général
redresse cette erreur en soutenant qu'il était fils
de Charles d'Orléans, comte d'Angoulême; et que,
lors des Etats tenus à Tours, il avait été fiancé
avec la fille de Louis XII, nommée... « Claude de
France, fille d'Anne de Bretagne, » dit en bais-
sant les yeux, et comme malgré elle, Suzanne de
La Tour, sur laquelle tous les regards se portè-
rent. Parmi les portraits de femmes était celui de
cette belle Valentine de Milan qui mourut de douleur sur la tombe de son mari. « On dirait, à la
voir, s'écria la fille cadette du général, qu'elle
prononce encore ces mots si touchants : « Plus
rien ne m'est; rien ne m'est plus. — Son petit-
fils, ajoute la sœur aînée, était loin de s'attendre
à monter sur le trône, car entre elle et lui, c'est-
à-dire depuis Charles VI jusqu'à son règne, il y
a eu, je crois... trois rois de France. — Quatre,
si je ne me trompe, Mademoiselle : Charles VII,
Louis XI, Charles VIII et Louis XII, dit Cécile de
La Tour. — Vous avez raison, Mademoiselle. »

reprend la savante prétentieuse, en rougissant
de son erreur. Enfin tous les yeux s'arrêtèrent
sur deux grands portraits en pied, placés l'un à
côté de l'autre, et qui faisaient éprouver aux
spectateurs des sentiments divers. L'un représentait le chevalier Bayard, sans reproche et sans
peur; et l'autre, le connétable de Bourbon, qui
avait trahi son roi pour servir Charles-Quint,
dont il désirait épouser la sœur. « Quel con-
traste! disait-on : là tout ce que l'héroïsme et la
fidélité peuvent inspirer de vénération; ici tous
les remords de l'ambition déçue. — N'est-ce pas
à la bataille de Marignan, dit la fille aînée du
général, que fut tué Bayard? — Non, ma chère,
lui répond sa sœur, c'est au siége de Pampelune.
— Ce fut, je crois, en Italie, reprend avec timi-
dité Suzanne de La Tour. — Oui, sans doute,
ajoute Cécile; ce fut à la retraite de Romagnagno
qu'il tomba d'un coup de mousquet, et qu'en bai-
sant la croix de son épée il demanda qu'on le mît
sous un arbre, le visage tourné vers l'ennemi :
parce que, dit-il, ne lui ayant jamais tourné le
dos, il ne voulait pas commencer à ses derniers
moments. — Ce fut alors, reprit Suzanne, que se
présenta devant lui le connétable de Bourbon, lui
témoignant combien il le plaignait. « Ce n'est

» pas moi qu'il faut plaindre, reprit Bayard,
» mais vous qui portez les armes contre votre
» roi, votre patrie et votre serment. » Ce furent
les dernières paroles de ce grand homme. »

Tous les assistants, et principalement les filles
du général, ne purent s'empêcher de témoigner
leur admiration pour deux jeunes personnes qui
cachaient tant de savoir sous un extérieur si modeste, et s'exprimaient surtout avec tant de facilité. Mais l'étonnement fut au comble lorsque
Cécile et Suzanne, excitées par les nombreuses
questions qu'on leur adressait, et, pour ainsi dire,
forcées à laisser paraître leur instruction, prouvèrent qu'elles étaient versées non-seulement
dans l'histoire de leur pays, mais dans celle de
toutes les puissances étrangères. Parcourant donc
la nombreuse galerie des portraits qu'elles avaient
sous les yeux, elles firent tour à tour l'éloge historique du pape Léon X, surnommé le *Père des
Muses*, d'Emmanuel, dont le règne fut appelé le
Siècle d'or du Portugal, de Gustave Vasa, qui,
après avoir conquis son royaume à la pointe de
l'épée, affermit la puissance de la Suède. Variant
ensuite leurs couleurs, elles peignirent fidèlement ce Charles-Quint, basant sa puissance sur
la ruse de Henri VIII, dont le fanatisme, l'orgueil

et les cruautés firent le malheur et la honte de
l'Angleterre; ce Christiern II, surnommé le *Tyran
du Nord*, qui, chassé par ses sujets, termina ses
jours odieux dans les fers. Passant ensuite à des
noms chers aux lettres, aux arts, à la magistrature, elles analysèrent avec autant de fidélité
que de charme la gloire immortelle de Coper-
nic, de Thomas Morus, de Raphaël, et des plus
grands hommes contemporains de François Iᵉʳ.
On remarquait surtout la vive impression qui se
peignait sur la figure des deux sœurs lorsqu'elles
parlaient des guerriers morts pour leur pays. Se
regardant alors, les yeux mouillés de larmes et se
serrant la main, elles laissaient percer sur leurs
traits une noble fierté, et semblaient se résigner
aux coups du sort. « Eh! qui donc êtes-vous,
Mesdemoiselles? leur demande le général, vivement touché de tout ce qu'il venait d'entendre.
— Les filles d'un militaire, répond l'aînée, qui
ne nous a laissé en mourant qu'un peu de gloire
acquise au champ d'honneur, et l'instruction qu'il
nous donna lui-même; il fut seul notre institu-
teur. — Et dans quel corps servait votre digne
père? — Dans l'artillerie légère, répond Suzanne
en soupirant. — Quel grade avait-il? — Il était
capitaine. — Et son nom? — De La Tour. — De
7

La Tour!... Il avait le poignet gauche fracassé par un éclat d'obus? — Précisément. — Cinq coups de sabre sur la tête? — Dont un surtout lui avait fendu le visage depuis le front jusqu'au menton. — Il le reçut en me sauvant la vie, s'écrie le général. Chers et nobles enfants de mon libérateur, que je rends grâce au ciel de pouvoir vous connaître et vous presser dans mes bras!... Oui, je commandais l'artillerie au combat donné sous les murs de La Fère : dans une sortie que je fis pour conserver la place, je fus environnée d'un escadron hongrois, et j'allais succomber au nombre; tout-à-coup l'intrépide La Tour perce les rangs ennemis à la tête de sa compagnie, me délivre; je le perds de vue dans la mêlée, je prends des informations, et l'on m'assure qu'il est resté sur le champ de bataille. Il fut en effet laissé mort pendant cinq heures, dit Cécile; mais, reprenant ses sens et profitant de l'obscurité de la nuit, il gagna, non sans effort, une chaumière où de pauvres agriculteurs l'accueillirent avec empressement, ranimèrent ses forces épuisées, se réduisirent à coucher sur la dure afin de lui procurer un lit commode; firent, du peu de linge qu'ils avaient, des bandelettes et des compresses pour panser ses blessures; et, au bout de six se-

maines, notre malheureux père vint nous rejoindre à Nancy. Là, réduit à la pension la plus modique, et venant de perdre notre excellente mère,
que le bruit de sa mort avait conduite au
tombeau, il fit ressource de ses talents. Il donna
des leçons de mathématiques et de fortification :
estimé, chéri de tous les habitants de la ville, il
était parvenu à se faire un état honorable, indépendant. Ma sœur et moi, quoique bien jeunes
encore, nous vaquions aux soins du ménage. Le
travail et l'économie nous avaient procuré quelque aisance, et notre excellent père ne négli-
gea rien alors pour nous donner une éducation
qui pût nous mettre à l'abri des rigueurs du
sort. Tout prospérait autour de nous, tout souriait à notre espérance, lorsqu'une blessure, que
le capitaine avait avait reçue à la poitrine, se
rouvrit tout-à-coup et nous priva du seul appui
qui nous restait sur la terre. — Il vous en reste
un dans celui à qui votre père sauva la vie, reprend le général avec cet élan d'une âme franche et généreuse. J'avais deux filles! eh bien!
maintenant, j'en ai quatre. Venez à la terre que
je possède sur les bords de la Loire : vous serez
les institutrices de vos nouvelles sœurs, car vous
en savez bien plus qu'elles, et vous achèverez

de leur prouver que le savoir et le vrai mérite
n'ont jamais plus d'éclat que sous les dehors de
la modestie. Venez, charmantes créatures, je vous
adopte, et ce jour devient un des plus heureux
de ma vie. — Et de la nôtre, » ajoutent les filles
du général, en serrant affectueusement la main
de Cécile et de Suzanne. Mais celle-ci, désignant
une vieille femme pâle qui paraissait tremblante
de frayeur qu'elles n'acceptassent, répondirent
qu'elles ne quitteraient jamais leur tante, chez
laquelle elles étaient venues se réfugier à la mort
du capitaine : « Nous sommes pénétrées de reconnaissance, dit Suzanne, de l'offre et de l'honneur que vous daignez nous faire ; mais nous ne
pouvons nous séparer de notre mère adoptive,
qui, depuis deux ans, partage avec nous le peu
qu'elle possède. — Nous commençons, dit à son
tour Cécile, à mettre à profit les leçons que nous
donna notre père : déjà les principaux habitants
de la petite ville de Bléré nous confient la première éducation de leurs filles ; encore quelque
temps, et nous formerons une institution qui
peut-être nous méritera l'estime publique, nous
procurera ce que nous a tant recommandé celui
que nous pleurons, le bonheur de n'appartenir
qu'à soi, de ne devoir qu'à son travail une hon-

nête existence... Nous nous en rapportons à vous, général : pouvons-nous oublier ce qu'en mourant nous ordonna celui qui eut l'honneur de s'exposer pour vous ; et, lorsque déjà tout sourit à nos efforts, ne serait-ce pas troubler sa cendre et manquer de respect à sa mémoire que d'oublier ses dernières paroles ? — Vous avez raison, répondit le général en attachant sur les deux orphelines des regards pleins d'admiration ; oui, vous devez rester dignes du brave qui vous fit naître : poursuivez donc votre carrière, qui, après tout, a ses jouissances. Croyez que je porterai à votre établissement tout l'intérêt que vous méritez... Mais, si je suis privé du bonheur inexprimable de vous posséder au château que j'habite, j'espère que vous ne refuserez pas de venir quelquefois visiter celui que secourut si vaillamment votre digne père. » Cécile et Suzanne promirent de répondre à ces vives instances, et s'en montrèrent dignes : elles allèrent à la terre du général, où toujours on les recevait avec distinction, quels que fussent leurs vêtements. Les filles du général les accueillaient comme des sœurs, et gagnèrent beaucoup à cette intimité. Non-seulement elles acquirent encore plus d'instruction, et se perfectionnèrent dans la science chronologique ; mais elles furent guéries pour jamais de cette insupportable habitude de citer à tout moment tel ou tel grand écrivain, de cette ridicule manie d'étaler ce qu'on sait, et bien souvent ce que l'on croit savoir. Elles conservèrent dans le monde cette modeste retenue qui donne le droit d'observer sans paraître, de profiter de tout sans rien hasarder de ce qu'on possède, cette modestie enfin qui préserve de ce pédantisme assommant, fléau de la société, et dont une seule erreur et la moindre méprise font rire à nos dépens ceux-là mêmes que nous voulions humilier.

LES DEUX ORPHELINES

ou

LA DISCRÉTION.

M. de Saintène, magistrat respectable, prouvait chaque jour, par son mérite et la noble austérité de son caractère, qu'il appartenait à la famille de Lamoignon de Malesherbes. Il n'avait pas eu d'enfants de son mariage avec la femme

qui, depuis vingt ans, embellissait ses destinée
Ils résolurent d'adopter chacun une jeune orpheline appartenant à leurs familles respectives, et
d'en faire l'appui de leurs vieux jours. Madame
le Saintène choisit Isaure Belval, âgée de dix
ans, née à Amboise, d'honnêtes négociants, mais
sans fortune, et tout parut légitimer ce choix :
on n'était pas plus sensée, plus aimante, et surtout plus discrète que ne l'était Isaure. Jamais
elle ne s'occupait des autres que pour leur complaire ; jamais elle n'ouvrait la bouche que dans
l'intention de prévenir un reproche, de calmer
une dispute, et toujours elle savait éviter avec
soin le moindre caquetage : aussi était-elle l'enfant bien-aimée de madame de Saintène, qui l'appelait son ange

Le choix qu'avait fait le président, quoique séduisant au premier aperçu, n'était pas aussi parfait. Célina Martel, âgée de onze ans, élevée dans
la petite ville de Beaulieu, près Loches, et née
d'un fabricant de draperies mort depuis six mois,
était douée d'un naturel enjoué, d'un esprit vif
et souvent orné de piquantes saillies ; mais curieuse, inconséquente, elle reportait sans réflexion
tout ce qu'elle entendait dire, et se livrait quelquefois, dans ses récits, à des variantes infidèles.

sans en prévoir le danger. Son père adoptif, dont
elle seule avait le droit de dérider le front sévère,
l'aimait beaucoup, et l'appelait son lutin.

C'était principalement pour les domestiques de
la maison que notre jeune espiègle devenait chaque jour plus redoutable. Elle les brouillait entre
eux, en reportant à ceux-ci ce qu'avaient fait
ceux-là : tout ce qu'ils disaient sur leurs maîtres, souvent par simple réflexion, était aussitôt
reporté, commenté par la bavarde intarissable.
De là, des r éprimandes sévères à d'anciens ser-
viteurs qui, de leur côté, fidèlement instruits
par la gazette ambulante des plaintes de leurs
maîtres, ralentissaient leur zèle pour ceux dont
ils n'avaient reçu jusqu'alors que des preuves
d'estime et de satisfaction.

Un jour, entre autres, le valet de chambre du
président se plaignit à son maître de ce qu'on
paraissait mécontent de son service, et lui en demanda la cause avec cette franchise d'un honnête
homme qui se croit irréprochable. M. de Saintène
lui proteste que jamais il n'avait émis la moindre
plainte sur son compte. Le vieillard cite mademoiselle Célina, qui lui avait rapporté tel et tel
fait.

Le président, toujours empressé de faire éclater

la justice, appelle devant lui la jeune indiscrète ;
celle-ci rougit, balbutie, et avoue qu'en reportant à sa mère adoptive quelques mots qu'elle
avait entendus, elle en avait peut-être mal exprimé l'intention... « Que ce soit la dernière fois! lui
dit M. de Saintène d'une voix forte, et réprimant,
non sans effort, un mouvement de colère : j'ai
cru déjà m'apercevoir que vous étiez sujette à
cette vile et dangereuse manie de reporter aux
uns ce que vous entendez dire aux autres. C'est
un métier méprisable. Jugez de l'opinion qu'il
donnerait de vous dans le monde : on vous y
fuirait comme ces animaux malfaisants qui vont
rôdant partout, pour y jeter le désordre et l'effroi
Bientôt je me verrais moi-même forcé de vous·
renvoyer à ceux qui élevèrent votre enfance ;
alors, sans parents, sans appui sur la terre, quel
serait votre sort? réfléchissez-y bien ; et, en attendant, faites vos excuses à ce digne vieillard,
que vous avez si injustement tourmenté. Je suis
indulgent pour les espiègleries de votre âge, souvent même je m'en amuse ; mais les vils penchants qui dégradent le cœur, jamais je ne les
to·ère... » L'austère président sort à ces mots,
laissant Célina stupéfaite, noyée de larmes, et se
proposant bien de ne plus se livrer à cette funeste

manie qui lui attirait de pareils chagrins, d'aussi grandes humiliations.

L'espiègle Célina fût peut-être retombée dans ses funestes habitudes, sans un événement qui frappa sa jeune imagination, et lui prouva de quel dévouement la discrétion rend capable un noble cœur sentant bien toute sa dignité.

Les deux orphelines, traitées par monsieur et madame de Saintène comme leurs enfants, éprouvèrent mutuellement ce tendre attachement qui unit les êtres formés du même sang. Célina aimait Isaure avec toutes les démonstrations de l'âme la plus vivement inspirée ; et son attachement était mêlé d'une sorte d'admiration pour son angélique douceur, pour cet esprit prévenant, ce tact délicat des convenances qu'elle possédait déjà si bien.

Isaure, moins expressive peut-être, mais sentant aussi vivement, répondait au tendre attachement de sa sœur adoptive par ces douces prévenances, par ces soins de tous les instants, et ces avis qui jamais ne blessent lorsqu'on les reçoit, parce qu'ils prouvent combien on s'intéresse au bonheur de ceux auxquels on les donne. Elles étaient devenues inséparables ; travaux ; récréations, peines, plaisirs, tout entre elles deux

était une association continuelle. Célina s'en
trouvait bien, et, depuis longtemps, aucun pro-
pos inconsidéré, aucun rapport nuisible, n'étaient
venus troubler son repos, ni porter atteinte à
l'attachement particulier que lui portait le président de Saintène.

Celui-ci joignait à son austérité connue l'habitude de ne point laisser pénétrer le fond de sa
pensée. Il avait interdit aux deux jeunes orphelines l'entrée de son cabinet de travail, où ses
fonctions l'obligeaient souvent à étaler sur son
bureau des papiers de famille de la plus haute
importance. Cette précaution, indispensable pour
le magistrat dépositaire de grands secrets, n'a-
vait fait qu'irriter la curiosité innée de Célina.
Elle avait appris par le vieux valet de chambre
du président, le seul de tous les gens qui eût le
droit d'entrer dans le mystérieux cabinet en l'absence de son maître, qu'il renfermait plusieurs
tableaux de prix, les portraits des magistrats les
plus célèbres de la France, et surtout un buste en
stuc, d'une ressemblance admirable, de l'illustre
Lamoignon de Malesherbes. Cent fois Célina
avait été sur le point de se glisser furtivement dans ce petit muséum, et cent fois elle avait
été retenue par la crainte de désobéir à son père

adoptif, inexorable quand on osait enfreindre ses ordres.

Mais un matin que celui-ci était au Palais-de-Justice et que le vieux valet de chambre faisait des courses dans la ville, Célina, en jouant au volant dans un corridor, aperçoit la porte du cabinet entr'ouverte : cela n'arrivait presque jamais. Elle ne peut résister à la curiosité qui la pousse, et pénètre dans l'endroi défendu. Bientôt sa vue est rassasiée des divers objets qui la frappent ; et, entraînée par son étourderie naturelle, elle lance son volant dans ce beau réduit, dont le plafond est élevé, et dont les rideaux cramoisis répandent partout une lueur rosée dont ses yeux sont charmés. Mais, ô douleur! ô malheur irréparable! la jeune étourdie, en voulant empêcher le volant de tomber sur l'encrier du bureau de travail, étend sa raquette avec imprudence, et renverse le beau buste de Lamoignon de Malesherbes, qui roule en mille morceaux sur le parquet.

Aux cris que pousse l'infortunée, accourt sa sœur adoptive, qui passait par hasard dans le corridor. A l'aspect de ces débris d'un objet si précieux, elle cherche vainement à consoler, à rassurer la coupable. Celle-ci ne cesse de répéter : « Je suis perdue!... jamais, non jamais il ne me pardonnera! O funeste curiosité! que tu me coûteras cher!... » Mais ces justes craintes redoublent lorsque, à travers les carreaux d'une fenêtre, Célina, respirant à peine, aperçoit le président qui rentre. « Va-t'en, et laisse-moi faire, lui dit Isaure vivement et d'un air inspiré. Tout ce que je te demande, c'est de garder le plus profond silence. » Célina se sauve et laisse sa sœur adoptive ramassant les morceaux du buste épars çà et là.

Celle-ci entend avec effroi M. de Saintène ouvrir la grande porte d'entrée de son cabinet; et, connaissant toute sa sévérité, calculant les dangers auxquels l'expose le projet qu'elle a conçu, elle devient pâle, tremblante. Le président, à l'aspect d'Isaure, dont la posture est suppliante, et dont la voix altérée ne peut prononcer que ces mots : « Grâce!... grâce, mon père!... » est convaincu que c'est elle qui l'a privé de l'objet le plus précieux, de ce buste que, jeune encore, il avait reçu des mains du célèbre Lamoignon, son parent : cédant alors à son dépit, à sa colère, il ne peut à son tour proférer que ces mots d'une voix horrible et d'un geste menaçant : « Sortez, malheureuse!... sortez!... ne reparaissez jamais

devant moi !... » Isaure obéit en jetant sur lui un
dernier regard plein d'expression, et se soumet
sans se plaindre au châtiment qui lui est im-
posé.

Pendant cinq jours entiers, l'exilée subit l'ar
rêt qu'avait prononcé M. de Saintène. Elle resta
dans son appartement, où l'on présume sans peine que Célina lui rendait les plus tendres soins.
Qu'on se figure l'embarras et l'émotion de cette
dernière, chaque fois que leur mère adoptive venait
auprès de sa chère Isaure, dont elle ne pouvait
concevoir la désobéissance et surtout l'étourderie. Oh! combien de fois elle fut tentée de tout
révéler, et de reprendre le pesant fardeau dont
son admirable sœur se laissait accabler pour elle !
Ce qui confondait le plus madame de Saintène
c'était l'héroïque résignation d'Isaure, qui n'implorait aucunement son assistance pour fléchir le
président. Celui-ci ne s'étonnait pas moins du silence de la prétendue coupable; et peut-être ac-
cusait-il déjà d'ingratitude et de froideur le cœur
le plus aimant, le plus généreux. Isaure, en effet,
trouvait ne pas payer trop cher le bonheur d'empêcher Célina d'être replongée dans l'état obscur
d'où elle était sortie, et de renoncer au sort brillant qui lui était assuré.

Mais, en même temps, quelle forte et touchante leçon pour notre étourdie, de voir ce que souffrait sa sœur, réduite à rester dans sa chambre, à ne point paraître à table, au salon, ni même dans le jardin ; à passer aux yeux de tous les gens de la maison pour une curieuse indiscrète, elle qui, de sa vie, n'avait commis aucune faute de ce genre... On espérait enfin que le président se laisserait toucher ; et à la vue de son valet de chambre qui entre furtivement chez Célina, Isaure présume qu'enfin son tourment va finir ; mais quel est l'étonnement des deux orphelines, en apprenant que M. de Saintêne, blessé de ce que l'exilée n'avait fait faire aucune tentative pour obtenir sa grâce, et présumant, d'après cette étrange conduite, qu'elle n'en conservait aucun repentir, exigeait qu'elle fût encore une semaine entière sans paraître devant lui.

« Je ne le souffrirai pas ! » s'écria Célina ; et aussitôt elle s'élance dans le cabinet du président, tombe à ses pieds, et lui révèle toute la vérité. « C'est moi, lui dit-elle, fondant en larmes, c'est moi qui fus assez malheureuse pour briser ce buste si précieux, et qui vous était si cher. Isaure, voulant me sauver du juste châtiment que je méritais, Isaure vous a laissé croire qu'elle était

l'auteur de ce funeste accident... Je sais bien que
je m'expose à perdre pour jamais votre appui,
votre amitié qui m'est chère ; mais je ne puis
supporter plus longtemps que ma sœur adoptive
soit victime de son dévouement et de son admirable discrétion... Chassez-moi, Monsieur, rejetez-
moi dans l'obscurité d'où vous m'avez fait sortir;
mais restituez votre tendresse et votre estime à
celle qui la mérite si bien, et dont la rend plus
digne encore ce qu'elle a fait pour moi. »

Le président, surpris et vivement ému, vole à
l'appartement d'Isaure, auprès de qui madame
de Saintène se trouvait, et cherchant en vain à découvrir son secret, il presse dans ses bras l'exilée, en lui disant : « Eh! j'ai pu te croire coupable... interpréter si mal ton généreux silence!
—Ah ! si vous saviez, lui répond Isaure, devinant,
à la vue de Célina, qu'elle a tout révélé; si vous
saviez combien il m'en a coûté d'être cinq jours
entiers sans vous voir !... mais je vous en fais
l'aveu, plus ma résignation me causait de sacrifices, plus je trouvais de forces pour la supporter. — Et moi, dit Célina, plus j'éprouvais de remords et de tourments. — Eh bien! reprend
M. de Saintène, en jetant sur elle un regard qui
lui annonce son pardon, compare ce que déjà

t'ont fait souffrir tes étourderies, avec la récompense qu'obtient en ce moment ta sœur adoptive; et juge par toi-même de quelle importance est la discrétion... N'oublie jamais, ma fille, qu'elle est un devoir pour toute personne dépositaire d'un secret; mais qu'elle devient une vertu, source de toutes les jouissances, lorsqu'on s'expose à des dangers pour être utile à ses semblables. »

LE PRODUIT D'UNE GERBE.

Le baron de Brevanne, savant naturaliste et membre de plusieurs académies, partageait son temps et ses affections entre l'étude et les soins qu'il donnait à Léontine, sa fille unique, dont il dirigeait l'éducation. Malheureusement, tout ce que faisait cet excellent père était détruit par madame de Brevanne, qui se moquait de la science et ne concevait pas comment on pouvait tenir un livre en main dix minutes sans dormir, fût-ce le *Journ.' des Modes* ou même un roman de Walter Scott. C'était une de ces grosses rieu-

ses de profession, qui ne songent qu'à bien vivre, à s'amuser, et à couler la vie sans calcul
pour le présent comme sans prévoyance pour
l'avenir. Elle avait apporté beaucoup de fortune
au baron, et n'entendait être gênée en rien, le
laissant, de son côté, libre de se livrer à tous ses
goûts agricoles, à toutes ses expériences chimi-
ques, physiques, agronomiques; mais lui portant,
toutefois, l'attachement de la meilleure des femmes.

Ils avaient acquis, depuis quelques années,
une terre charmante en Touraine, sur les bords
du Cher, si remarquables par leur fertilité et la
variété de leurs productions. Le baron venait y
passer la belle saison; et là il s'abandonnait à ses
spéculations rurales, à tous ses rêves de bonheur.
Léontine, qui partageait les goûts de sa mère,
s'amusait souvent avec elle des essais, quelquefois infructueux, que faisait le baron; elle avait
pris insensiblement un dédain remarquable pour
tout ce qui tient aux productions de la terre.
Vainement son père cherchait-il à vaincre cette
ignorance totale de tout ce qui peut être bon,
utile, indispensable aux besoins de la vie; la
jeune incrédule riait de toutes ces remarques, et
s'imaginait qu'on était bien dupe de tant s'agi-

ter, de tant travailler aux choses qui venaient tout naturellement. Elle était convaincue que l'agriculture n'est utile qu'à employer un grand nombre de malheureux, et que partout on trouve l'abondance avec de l'or.

La terre du baron n'était qu'à une demi-lieue du château de Grammont, bâti en face de l'avenue qui conduit à la ville de Tours, cette superbe avenue qui traverse le Cher, d'immenses prairies et les champs fertiles, appelée les *Varennes*, où l'agriculture est portée au plus haut degré de perfection. Ce château de Grammont, dont la situation est ravissante et domine sur le beau jardin de la France, avait de tout temps été possédé par les personnages les plus marquants de la contrée; et les propriétaires du jour y attirent, pendant l'été, de nombreux visiteurs.

Il y avait une grande réunion dans ce séjour enchanteur, et le baron de Brevanne y était invité avec sa femme et sa fille. Toutes les deux se faisaient une fête d'y assister; mais la baronne s'était donné une entorse dans son parc, et il fut convenu que son mari se rendrait avec Léontine au château de Grammont.

Celle-ci prépare, en conséquence, une toilette recherchée, s'imaginant faire le trajet en calèche;

mais c'était le soir d'une belle journée du mois
d'août, et M. de Brevanne était avide de traverser, en se promenant, ces champs couverts de
moissons, que l'on commençait à récolter ; il ne
trouvait rien de comparable à ce tableau ravissant de tous les agriculteurs qui recueillent le
fruit de leurs travaux. Il propose donc à Léontine
de se rendre à leur destination en se promenant,
afin de mieux respirer la fraîcheur du soir, et de
prendre un exercice salutaire. La jeune dédaigneuse accepte, à condition toutefois qu'un
domestique les suivra, pour lui porter des chaussures fraîches, et que la calèche viendra les reprendre à minuit pour les ramener à leur terre;
ce qui fut exécuté.

Ils étaient à peu près aux trois quarts de leur
course, et n'avaient plus que cinq cents pas à
faire pour atteindre le château de Grammont,
lorsque le baron propose à sa fille de se reposer
quelques instants sous l'un des beaux arbres qui
bordent la grande route. Léontine s'assied avec
son père sur un tertre, et couvre ses épaules d'un
ancien cachemire de sa mère, que celle-ci l'avait
forcée de prendre, pour se préserver de la rosée
du soir et s'envelopper, la nuit, en revenant dans
la voiture. A peine avaient-ils pris place, qu'ils

voient passer une jeune glaneuse répétant gaiement une chansonnette, et cherchant à s'alléger
d'une gerbe assez forte, composée des glanes
qu'elle avait faites, pendant la journée, dans les
riches varennes de Saint-Sauveur. Elle va s'appuyer en effet sur une borne milliaire portant le
numéro 121, et, se soulageant momentanément
de son fardeau, elle essuie avec le coin de son
tablier la sueur qui coule de ses grosses joues
brunies par l'ardeur du soleil. La figure de cette
jeune fille annonçait la franchise et la bonté.

« Il paraît, dit M. de Brevanne, l'examinant,
que cette glaneuse a bien employé son temps;
aussi paraît-elle contente de sa journée. — Bon!
répond Léontine; ce sont de ces automates que
je ne crois susceptibles ni de peine ni de plaisir.
— Tu veux dire, ma fille, qu'ils sont moins
sensibles que nous à la peine, parce qu'ils y sont
accoutumés; mais, en revanche, ils sentent plus
vivement les plaisirs de la vie, parce qu'ils en
ont moins que nous l'habitude. Regarde cette villageoise : examine le sourire qui erre sur ses
lèvres; elle est peut-être plus heureuse et plus
fière de la gerbe qu'elle porte sur son dos que tu
ne l'es du cachemire qui te couvre. — Quoi! vous
pourriez comparer ce cachemire, tout vieux qu'il

est, à de misérables épis ! — Ma fille, tout ce qui
se reproduit dans la nature, quelque petit qu'il
puisse être, vaut mieux que ce qu'invente l'opulence, et qui chaque jour perd de son prix. Avec
du temps, de la patience, je pourrais te prouver
que le trésor de la glaneuse est plus précieux
que le tien. — Si j'osais vous en défier, mon
père ! — Mais c'est à condition que tu me secon-
deras toi-même dans mon projet. — Je vous en
fais la promesse. — En ce cas, nous allons commencer. »

Il se lève à ces mots, aborde la glaneuse et lui
dit : « Combien croyez-vous que peut contenir de
blé cette énorme gerbe que vous portez là ? —
Ma fine, répond naïvement la jeune fille, d' la
façon dont ça pèse sur mes épaules, j' crois ben
que j' tenons au moins deux boisseaux de froment; c' n'est pas sans besoin, quand on n'a qu'
ses bras et une pauvre mère infirme... Heureusement j'ons d'la force et du courage. — Comment
vous nommez-vous ? — Marguerite Lefranc, du
hameau des Coudriers, à cent pas d' vot' château.
Oh ! j' vous connaissons ben, monsieu l' baron.
— Voulez-vous me vendre votre gerbe ? je vous
en donne vingt francs. — Monsieu l' baron veut
s' moquer d' moi. — Du tout, prenez cette pièce

d'or : vous remettrez vos glanes à mon concierge, et lui recommanderez de les déposer dans mon cabinet de travail. — Oui, monsieu l' baron ! — Adieu ! soignez bien votre mère... — Elle va prier Dieu pour vous, j' vous en réponds. — Et, quand vous ne trouverez plus à glaner, venez me demander du travail au château. — J' n'y manquerai pas, monsieu l' baron. » Elle s'éloigne à ces mots, en portant sur le père et la fille des regards pleins d'expression, et gagne l'habitation de M. de Brevanne, où l'on exécuta ponctuellement les ordres qu'il avait donnés.

Léontine, pendant le chemin qu'ils avaient encore à parcourir, ne cessa de plaisanter son père sur le marché qu'il avait fait; mais, arrivée au château de Grammont, elle oublia bientôt, au milieu de la réunion la plus brillante, et la rencontre de la glaneuse et le défi qu'elle avait osé donner au savant naturaliste. Elle ne revint qu'à une heure du matin, et réitéra pendant la course les plaisanteries les plus folles, auxquelles le baron ne répondit que par ces mots : « Je te le répète, ma fille, tout ce qui se reproduit est d'une valeur incalculable. »

Le lendemain, dès que Léontine fut éveillée, elle s'empressa d'aller conter à sa mère l'aven-

ture de la glaneuse, l'achat de la gerbe ; et toutes
les deux, en éclatant de rire, se rendent au cabinet de travail du baron, qui déjà s'occupait à
égrener lui-même la gerbe de Marguerite, afin
de n'en pas perdre un seul grain. Elle produisit
environ deux mesures de froment, qu'il renferma
dans un sac, sur l'ouverture duquel il mit trois
cachets à l'empreinte d'une pierre antique attachée au réseau d'or qui soutenait les cheveux de
Léontine.

Bientôt arrivèrent les semailles : le baron, se
promenant un soir avec sa famille, rencontre le
fils aîné de Richard, l'un de ses fermiers, qui
revenait du labourage, et lui demande combien
il fallait de terrain pour ensemencer deux boisseaux de blé. « Mais, m'sieu l' baron, seize chaî-
nées environ : douze mesures à l'arpent, c'est la
règle. — Eh bien ! tu diras à ton père que je le
prie de me laisser disposer de pareille quantité
de terrain dans le champ qu'il croira le plus fertile, et que toi-même tu ensemenceras en ma
présence. Je suis curieux de savoir ce que mes
deux boisseaux de blé me produiront à la moisson
prochaine. — C'est facile à vous dire : si l'année
est bonne, vous pouvez compter sur dix fois la
semence. — Dix fois ! s'écria Léontine avec éton-

nement. — Oui, mam'zelle, et même douze ; ça dépend de l'engrais et du labour. — Bon Charles, je te recommande de ne rien négliger pour faire prospérer mon essai rural, et je saurai te récompenser de tes soins. »

En effet, Charles prépara la portion de champ nécessaire, et lorsqu'elle fut entourée de palissades par le jardinier du château, pour la distinguer des autres portions de terre et en défendre l'entrée, M. de Brevanne vint avec sa fille voir semer le produit de la gerbe de Marguerite, et celle-ci, de son côté, fut chargée de veiller à ce petit enclos, d'en arracher les herbes parasites. Le baron, en lui remettant la clef du treillage, lui recommanda particulièrement cet essai, lui assurant qu'il pourrait leur être utile à tous les deux.

L'automne touchait à sa fin : la famille de Brevanne regagna Paris. Pendant tout l'hiver, il ne se passait pas un seul jour que le naturaliste ne songeât à sa petite réserve, sur laquelle il formait de grands projets, il entrevoyait de grandes jouissances. Quant à Léontine, distraite par le tourbillon du grand monde où la conduisait sa mère, elle oublia tout-à-fait et le champ de blé et la glane, et même la pauvre Marguerite.

Le printemps reparut, et le premier de mai ramena le baron et ces dames à leur terre. La réserve revint alors à la pensée de Léontine; malgré les plaisanteries de sa mère, elle fut curieuse de savoir comment elle prospérait. Dès le lendemain de son arrivée, elle s'y laissa conduire par son père : ils y trouvent Marguerite occupée à détruire les plantes nuisibles. Elle vient à leur rencontre, et avec cette gaieté franche qui la caractérise, elle leur dit que Dieu semblait avoir béni ses glanes, et que jamais on n'avait vu, dans le pays, de plus beaux épis. « Il est vrai, ajoute-t-elle, qu'il n' s' passe pas de jour que je n' venions y donner un coup d' main, et j' perds mon nom d'honnête fille si l'on peut y trouver un seul brin d'ivraie, ou même un pied d' chardon. — Oh! j'étais bien sûr, lui dit M. de Brevanne, que mon essai rural était en bonnes mains... Comment va votre mère? — Plus impotente qu' jamais, monsieu l' baron : ell' ne peut plus s' servir d' ses pieds ni d' ses bras; i' n' lui reste qu' les miens, qui, grâce à Dieu, sont solides, et n' l'i manqueront jamais. » Léontine laisse tomber sur cette excellente fille un premier regard d'intérêt, qui n'échappe point à l'œil vigilant de son père.

Pendant tout l'été, il ne se passa-pas un seul jour sans que M. de Brevanne et sa fille n'allassent visiter le petit champ clos, et lorsque la moisson fut arrivée, on convint du jour où l'on réunirait en gerbes le produit de celle de la glaneuse. Ce fut Charles qui fit cette récolte en présence de la famille de Brevanne. Elle passa toute espérance ; car les gerbes, transportées sous les yeux des assistants et déposées dans la serre, ayant été battues quelques jours après, produisirent vingt-cinq mesures du plus beau froment. Il est vrai que Marguerite voulut y joindre le peu de glanes qu'elle avait faites derrière Charles, tant elle s'intéressa au produit de la gerbe.

Ces vingt-cinq mesures furent également renfermées dans deux grands sacs, sur l'ouverture desquels M. de Brevanne fit apposer par Léontine l'empreinte de sa pierre antique. Elles couvrirent, peu de temps après, deux arpents et demi de terre faisant partie de la réserve du baron, et autour desquels il fit poser des bornes, afin de bien reconnaître l'étendue du terrain à la moisson suivante.

« Si deux mesures de blé, disait Léontine, en ont produit vingt-cinq, celle-ci en donneront...
— A peu près trois cents, lui répondit son père ;

mais je t'ai prévenue qu'il fallait du travail et de
la patience; je ne te demande plus qu'un an, ma
fille, et tu connaîtras tout mon projet. » Léontine réfléchit beaucoup sur ce produit d'une seule
gerbe. On ne l'entendait plus se répandre en
plaisanteries sur l'agriculture, et pendant tout
l'hiver qu'elle passa dans Paris, elle s'informait
avec un intérêt très-remarquable si les blés de la
réserve promettaient d'être beaux, si Marguerite
leur donnait toujours ses soins. Enfin, à l'approche de mai, Léontine n'exprima plus tout haut
les regrets de quitter la capitale pour aller s'en-
terrer à la campagne pendant tout un été. Elle
avouait que le séjour des champs a ses attraits,
ses jouissances, et qu'on pouvait y trouver le
bonheur. Elle fut la première à parler du jour du
départ, et parmi les livres dont elle composait
ordinairement sa petite bibliothèque de campagne, le baron fut aussi surpris que ravi de
trouver les *Études de la nature* et la *Maison rus-
tique*.

En arrivant en Touraine, Léontine n'alla point
s'enfermer dans le boudoir de sa mère, ainsi
qu'elle l'avait fait aux voyages précédents. Elle
accompagna son père dans ses promenades, par-
courut avec lui les différentes fermes et les caba-

nes des pauvres gens qu'elle assistait; elle voulut même aller visiter celle de Marguerite, et trouva cette excellente fille roulant dans un vieux fauteuil sa mère devenue tout-à-fait paralytique, pour la réchauffer aux rayons du soleil. Ce tableau touchant émut vivement la jeune incrédule, et lui prouva que les vertus habitent sous le chaume comme sous les lambris dorés.

Mais ce qui ne charma pas moins la nouvelle initiée aux prodiges de la nature, ce fut cette nappe d'épis encore verts qui couvrait la réserve. Avec quelle impatience elle en attendait la récolte! Quel pouvait être le projet de son père? Bientôt arriva l'époque de cette révélation tant désirée. Léontine voulut assister avec son père à la moisson que devaient produire les deux arpents et demi qui renfermaient le premier produit de la gerbe : ce qui les retint l'un et l'autre une journée entière.

Ils dînèrent sur le gazon, à l'ombre d'un vieux chêne, environnés des moissonneurs et des glaneuses, qui ne cessaient d'exprimer par leurs cris de joie le plaisir et l'honneur de se voir, pour ainsi dire, admis à la table du baron de Brevanne, si chéri, si respecté de tous les agriculteurs. Léontine avouait que ce repas champêtre était le plus délicieux qu'elle eût fait de sa vie.

Enfin l'on charge sur des chariots les nombreuses gerbes récoltées dans la réserve, et que Léontine compte elle-même ; elles sont déposées dans l'orangerie du château, et, battues pendant plusieurs jours de suite, elles produisent au-delà de trois cents mesures de froment, qu'on renferme dans trente sacs, sur lesquels on pose de nouveau le sceau dont on avait fait usage. « Quoi ! se disait Léontine, ces trente sacs de blé proviennent de ces glanes que je méprisais tant? — Encore un an, lui répondit son père, et ces trois cents mesures de blé pourraient en produire trois mille : voyons maintenant ce que pourra valoir, à cette époque, le cachemire que tu portais lorsque nous rencontrâmes la jeune glaneuse au bas du château de Grammont. Usé presque à moitié à cette époque, il a été mis en robe par ta mère ; sous quelques mois il passera à sa femme de chambre, qui bientôt l'aura vendu sept à huit pièces d'or... Mais moi, avec le produit de ma gerbe, je vais ensemencer ma réserve entière, dont la récolte pourra nourrir tous les indigents du canton. Considère maintenant l'immensité des richesses agricoles; admire avec moi les prodiges de la reproduction, et avoue, ma fille, qu'un sage a bien eu raison de dire qu'il n'y a pas de rien dans la nature, et que le Créateur, à côté des maux qu'il a déversés sur les mortels pour les éprouver, a mis tous les biens qui peuvent leur faire oublier les maux et les leur convertir en biens. — O mon père! lui répond Léontine en se jetant dans ses bras, que je te remercie de cette admirable leçon! je te dois la vie, je vais te devoir plus encore, puisque mes goûts vont devenir les tiens. »

Dès que la réserve du baron fut ensemencée, il dit à sa fille de l'accompagner chez Richard, à l'heure où le dîner réunissait la famille du fermier, ainsi que les ouvriers qu'il employait, et au nombre desquels était Marguerite, qui travaillait à la basse-cour. « Richard, dit M. de Bravanne, vous m'avez témoigné l'intention de céder à Charles votre ferme : j'y suis bien disposé. Mais, avant tout, il faut le marier, et je viens vous proposer un parti que je crois avantageux. — Présentée par vous, monsieu l' baron, la future est acceptée de grand cœur. — Elle réunit tout ce qui fait une femme de bien, de la force, de la santé, l'habitude du travail, et le plus heureux caractère. Pleine d'égards pour ses parents, elle

en aura pour ceux de son mari. En un mot, elle
est chérie et estimée de tous ceux qui la connais-
sent, et cette prétendue-là... c'est Marguerite.
— Moi! s'écria celle-ci tout en rougissant : monsieu l' baron veut s'amuser. Maît' Richard est
trop bon père pour marier Charles à une pauvre
fille qui n'a rien. — Elle a la récolte de trente
arpents de blé, réplique vivement le baron, et le
montant de la première année de fermage, dont
je la dote. — Elle a six cents francs de trousseau,
ajoute Léontine, que nous lui donnons, ma mère
et moi. — S'rait-il ben possible! reprend Marguerite les yeux mouillés et respirant à peine.
— En ce cas, dit Richard, j' vous acceptons pour
ma bru... si tout' fois vous plaisez à mon fils. —
Je n' voyons pas, dit à son tour Charles, où j'
pourrions en trouver une meilleure et pus av'-
nante. Vot' main, bonne Marguerite, et j' vous
fiance. — Non, non, reprend celle-ci d'une voix
qu'altéraient la surprise et l'émotion, je n' pouvons pas nous marier tant qu'existera ma pauv'
mère; elle est si infirme! — Eh bien! dit Richard,
vous l'amènerez à la ferme, et j' la soign'rons. Est-
ce que vous r'fuseriez Charles, si par malheur
j'étais paralytique? Est-ce qu'une fois sa femme,
vous l'empêcheriez d' soigner mes vieux jours?

— Oh! ben l' contraire; vous n' trouveriez en
moi qu'une fille d' plus, maît' Richard. — Allons,
dit' donc : Mon père... et qu'on m'embrasse... »

A ces mots, l'heureuse Marguerite se jette
dans les bras du fermier, qui s'empresse d'unir sa
main à celle de son fils. Les garçons de ferme et
tous les ouvriers félicitent Charles de choisir
Marguerite, la bonne Marguerite, que les filles
de Richard nomment déjà leur sœur. De tous
côtés, ce sont des cris d'allégresse, des baisers
donnés et rendus; tous les yeux sont noyés de
larmes, ceux même de Léontine. Le baron la
presse sur son cœur, et lui dit, en désignant tous
ces braves gens qui les entouraient et leur
exprimaient à l'envi leur reconnaissance :
« Voilà pourtant, ma fille... voilà le produit d'une
gerbe!... »

UNE MÈRE.

Qui nous a fait naître? Une mère... Qui bien
souvent court risque de perdre l'existence en
nous la donnant? Une mère... Qui est-ce qui veille

sans cesse à nos premiers besoins, soutient nor
pas chancelants, supporte tous les caprices, adou-
cit tous les maux de notre enfance? Une mère...
Qui nous préserve des dangers de l'inexpérience
nous donne les premières impressions du bien,
dirige nos penchants, forme notre caractère et
prépare notre avenir? Une mère, toujours une
mère.

Si nous consultons l'histoire, c'est une mère
qui ramène Coriolan au devoir sacré qu'impose la
patrie; c'est une mère qui éclaire la justice de
Salomon; c'est une mère qui sauve Moïse de la
barbarie d'un roi d'Égypte; c'est une mère qui,
pour conserver les jours d'Astyanax, se dévoue
à un hymen précurseur de la mort; c'est une
mère qui préserve Iphigénie de la perfidie de
Calchas et de l'orgueil d'Agamemnon.

Comment, d'après toutes ces vérités, ces exemples et ces faits historiques, ne pas répondre à la
tendresse de celle qui nous a donné le jour, par
toutes les affections de notre âme et l'élan de
notre pensée?... Oh! qu'elle est coupable, qu'elle
est à plaindre surtout la jeune fille qui néglige
de rendre à sa mère cette affection profonde,
cette prévenance de tous les instants, ce retour
toujours insuffisant de l'amour maternel! C'est

en vain qu'on est doué des qualités les plus aimables, des dispositions les plus rares, des avantages qui font chérir et rechercher dans le monde: tout cela n'est rien sans l'amour tendre, respectueux, inaltérable, que l'on doit à sa mère.

A l'entrée du grand chemin qui conduit de la route de Nantes au village de Fondettes, est une habitation charmante appelée *les Tourelles*. Elle domine sur la plus belle partie du jardin de la France, et pendant près de quinze lieues, on y suit de l'œil le Cher et la Loire, qui serpentent délicieusement à travers d'immenses prairies, des vallons et des îles de toutes dimensions et d'une variété ravissante. C'est surtout à l'époque du printemps et de l'automne, lorsque l'équinoxe agite les vents et rend la navigation favorable, que cette habitation très-renommée offre un spectacle enchanteur. On aperçoit au fond de l'horizon, sur chaque rivière, une quantité prodigieuse de voiles qui remontent les produits du commerce maritime, forment des espèces de flottes qu'on voit, qu'on perd de vue, et qu'on retrouve à travers les arbres touffus dont sont couvertes les différentes îles.

Cette belle habitation, dont le propriétaire est un habile et riche spéculateur qui fait à Paris le plus noble emploi de sa fortune, était occupée par une famille étrangère, venue en Touraine pour se perfectionner dans la langue française, y goûter ce charme inexprimable, y respirer cet air si suave et si pénétrant qu'on ne trouve que dans ces beaux climats. Le chef de cette famille, M. Kistenn, homme aimable, instruit et bienfaisant, attirait dans sa charmante retraite les personnes des environs qu'il jugeait dignes de former sa société habituelle. Sa femme lui avait donné trois enfants, deux garçons qu'il faisait élever au collége de Vendôme, et une fille nommée Erliska, dont il était idolâtre, et qui comptait à peine quatorze ans. Sa mère seule dirigeait son éducation, dont elle s'occupait sans cesse; et tout annonçait dans madame Kistenn un esprit orné, des talents remarquables, et surtout une intarissable bonté.

Erliska, d'une figure agréable et d'une vivacité pétulante, avait été trop bien élevée pour méconnaître les devoirs sacrés de l'amour filial. Elle portait à son excellente mère un attachement sans bornes; elle ne pouvait se séparer d'elle; et plus elle étudiait le monde, plus elle découvrait de qualités dans celle qui l'avait fait naître, plus elle se trouvait heureuse et fière de lui apparte-

nir. Cependant, soit vivacité naturelle, soit oubli
des couvenances, elle prenait, à tout moment et
sans y songer, la funeste habitude de faire répéter plusieurs fois à sa mère les ordresque celle-a
lui donnait, et de lui répondre d'un ton qui an
nonçait clairement qu'elle n'obéissait qu'avec
contrainte. Madame Kistenn la conduisait-elle au
piano, sur lequel on la voyait se complaire à gui-
der son inexpérience, Erliska murmurait toujours, ne prenait place qu'avec humeur, et les
premières lignes de musique qu'elle parcourait
étaient exécutées tout de travers.

La trop complaisante mère ne disait rien ; elle
attendait avec une patience admirable que le
nuage se fût dissipé. Conduisait-elle sa fille à son
bureau de travail, où elle lui faisait faire des
analyses précieuses de grammaire, de géographie et d'histoire, Erliska abondait en observa-
tions puériles, propres à détourner l'attention de
son guide et à l'impatienter; mais la tendre
mère attendait encore que le calme succédât à
l'orage. Enfin, à tout ce qu e disait l'enfant gâté
pour se soustraire à une étude indispensable,
madame Kistenn ne répondait jamais que par
l'accent irrésistible de la raison ; et souvent alors,
désirant éviter avec sa fille le moindre débat, on
la vit se relâcher de son autorité.

Cet excès d'amour maternel donnait des armes à Erliska, qui, presque toujours, en abusait. Ce fut au point qu'elle ne recevait pas la plus simple observation de son aimable guide sans y répondre avec aigreur; quelquefois même elle se servait d'expressions hasardées qui pouvaient faire penser qu'elle ne portait à la meilleure des mères qu'un attachement de calcul et d'égoïsme. Tant il est vrai que, lorsque nos lèvres obéissent aux ordres de nos caprices, elles ne sont pas toujours les fidèles interprètes de notre cœur.

Erliska, parvenue à l'âge où l'âme a besoin de s'épancher, avait remarqué, parmi les jeunes personnes de son âge reçues chez son père, celle que tout semblait lui désigner comme digne de son premier attachement. C'était la fille d'un homme de lettres connu par de nombreux ouvrages. Elle était âgée de quatorze ans, se nommait Virginie Saint-Ange, et réunissait ensemble les heureux dons de la nature et les avantages d'une parfaite éducation, mais, élevée par une mère à la fois tendre et sévère, elle était habituée, dès son enfance, à exécuter les ordres qu'elle recevait, sans jamais proférer la moindre observation, sans jamais faire entendre le moindre murmure. Virginie, convaincue que sa mère avait bien plus d'expérience qu'elle et n'était occupée que de son bonheur, lui obéissait aveuglément; il lui suffisait d'un geste, d'un seul coup d'œil, pour comprendre ce qu'elle exécutait à l'instant même : aussi n'éprouvait-elle aucune souffrance, aucune contradiction. Moins on résiste à obéir, plus douce est la soumission; elle devient même insensible, comme la roue d'une grande mécanique qui suit le mouvement imperceptible qu'elle reçoit d'une force supérieure.

Erliska et Virginie s'unirent d'une amitié intime : elles ne laissèrent pas s'écouler un seul jour sans se voir, sans conférer ensemble sur leurs plans d'étude, leurs projets de société, leurs lectures chéries. Partout on les rencontrait échangeant une fleur, un bijou, lisant le même livre et se faisant une mutuelle communication de leurs pensées, de leurs réflexions. Erliska trouvait dans ce doux commerce un grand charme, un grand profit. Virginie, dirigée par son père, était d'une instruction profonde, d'un sens exquis et d'une raison imperturbable; mais elle se gardait bien de faire sentir à son amie l'avantage qu'elle avait sur elle, et savait descendre à son niveau, de façon que la délicatesse n'eût point à s'en plaindre, et que l'amour-propre n'eût jamais à souffrir.

Cependant Erliska crut s'apercevoir que sa jeune amie n'avait plus la même confiance, les mêmes épanchements. C'était bien encore cette aménité qui la rendait si charmante; mais ce n'était plus le même élan de l'âme : une certaine contrainte, un secret embarras, se faisaient remarquer dans le geste, dans la voix de Virginie; ses yeux ne s'attachaient plus aussi fixement sur ceux d'Erliska. Celle-ci, dont la susceptibilité répondait à la pétulance de son imagination, pensa que sa jeune compagne avait rencontré dans le monde quelque personne plus digne de son amitié, et, dédaignant de s'en expliquer franchement, elle rompit tout-à-fait, et chercha à former une autre intimité qui pût la dédommager de celle dont elle avait été si fière.

Elle distingua, parmi les jeunes demoiselles qu'on recevait dans la maison de son père, la fille d'un riche capitaliste, qui possédait un vaste domaine à peu de distance des Tourelles; et les affinités du voisinage, la possibilité de se voir tous les jours, firent pencher Erliska vers la jeune Eudoxie de Fréneuil. Ses parents étaient bien plus riches que ceux de Virginie; et cet étalage de luxe et d'opulence éblouit d'abord les yeux, mais il ne satisfait pas toujours les besoins

du cœur. Erliska en fit l'expérience : elle ne
trouva dans Eudoxie qu'un esprit tranchant et
sardonique; elle ne découvrit en elle que cette
jactance des enrichis, qui ne mesurent le mérite
des gens qu'à la figure qu'ils font dans le monde.
Ce n'était pas cette touchante pudeur, ces épanchements de l'âme la plus délicate et la plus aimante, qui rendaient l'intimité si délicieuse avec
la timide et modeste Virginie. La plus froide indifférence ne tarda pas à naître entre les nouvelles amies; et la brillante Eudoxie fut abandonnée sans regret, comme on s'y était attaché
sans réflexion.

Cependant on ne voulait pas paraître isolée
dans le monde, surtout aux yeux de Virginie,
qu'on y rencontrait encore : elle aurait pu croire
qu'elle était la seule avec laquelle l'amitié pût
avoir des charmes. Erliska se sentit donc une secrète prédilection pour la fille unique du comte
de Saint-Far; il tenait un des premiers rangs dans
la noblesse de la province.

La jeune Palmire avait près de quinze ans, et
tout annonçait en elle une âme élevée, un esprit
orné. Son maintien était gracieux, imposant;
elle portait la tête haute, et son regard parcourait avec une noble assurance tout ce qui parais-

sait être à son niveau; mais, lorsqu'elle daignait
abaisser ses yeux sur les personnes qu'elle savait
ne pas être titrées, on remarquait sur ses lèvres
un mouvement dédaigneux, et sur ses traits une
contraction qui indiquait clairement que chez
elle le sentiment dominant était l'orgueil de la
naissance. Comme la famille Kistenn était étrangère, Palmire ne crut pas déroger en voyant
assidûment Erliska; et celle-ci, flattée de cette
condescendance, s'imagina qu'elle avait enfin
trouvé l'amie que désirait son cœur.

Mais qu'elle eut à souffrir de cette nouvelle
liaison! Palmire ne parlait que de ses ancêtres,
de l'antiquité de sa race, qui remontait, selon
elle, jusqu'au temps de Charlemagne. Les scien-
ces, les lettres et les arts n'étaient rien à ses yeux
auprès d'un quartier de noblesse qu'on avait de
plus que telle ou telle grande maison; les bien-
faiteurs même de l'humanité, les laborieux au-
teurs des plus belles découvertes nécessaires à la
prospérité de l'Etat, n'inspiraient à Palmire aucune considération. Erliska, habituée depuis son
enfance à respecter les grands noms, mais en
même temps à honorer le vrai mérite et les services en tout genre rendus à la patrie, ne put se
courber longtemps sous l'excessive fierté de sa

troisième amie; et, s'apercevant qu'elle-même se refroidissait chaque jour à son égard, elle rompit ainsi qu'elle l'avait fait avec les deux premières.

Elle chercha donc à se lier avec des filles de magistrats, de financiers, de négociants, parmi lesquelles son cœur, tourmenté du besoin d'aimer, rencontra plusieurs personnes dignes de son estime et de son amitié. Elle forma successivement des liens qu'elle croyait durables; mais à peine s'attachait-elle sérieusement à celles qui lui offraient le plus sûr gage d'une heureuse réciprocité, qu'elle voyait ses nouvelles amies se refroidir et se séparer d'elle. Ce fut au point que dans les grandes réunions où la présentait sa mère, elle ne recevait plus des jeunes personnes de son âge que de ces égards forcés, de ces politesses d'usage, mais pas un mot affectueux, pas un coup d'œil d'intérêt, pas le moindre serrement de main.

« Qu'ai-je donc fait? se disait alors Erliska, et qui peut m'attirer cette espèce de réprobation dont je suis accablée? Pourtant mon âme est pure, aimante; jamais la moindre médisance n'a souillé mes lèvres; jamais je n'ai rompu la première avec celles qui m'ont si cruellement abandonnée... Virginie aurait-elle donc répandu sur moi des bruits calomnieux? non, non, elle en est incapable... Mais pourquoi s'est-elle éloignée de moi? Elle est si bonne, si modeste, et me témoignait un attachement si tendre!... Il faut absolument que je m'explique avec elle, et que je sorte de cette incertitude qui me fait tant souffrir. »

Le hasard servit Erliska. Un matin qu'elle sortait de son appartement, et qu'elle remontait les bosquets qui conduisent de l'habitation des Tourelles à la butte de Henri IV, si renommée dans le pays, elle aperçoit Virginie, un livre à la main, accompagnée d'une ancienne gouvernante, et gagnant, tout en lisant, le sommet de cette butte couronnée d'ormes antiques, d'où l'on domine sur la ville de Tours et ses environs, qui forment un des plus admirables points de vue de la France et peut-être de l'Europe entière. A peine Virginie et sa fidèle compagne sont-elles assises sur un banc de verdure, qu'Erliska les aborde en tremblant, et, s'adressant à sa première amie, elle lui dit d'une voix altérée par la vive émotion qu'elle éprouvait : « Excusez-moi, Mademoiselle, si j'ose vous interrompre dans votre lecture; mais mon âme est trop vivement oppressée... et je vous

ai vue si souvent secourir les êtres souffrants,
que j'ai pensé que vous ne rejetteriez pas ma
prière. — Parlez, chère Erliska, répondit Virginie d'un ton plein de bonté. » La faisant placer
auprès d'elle, et prenant une de ses mains
qu'elle presse, elle ajoute : « Je devine votre tourment, et vous me confirmez dans l'idée que je
m'étais faite : vous ignorez, je le vois, la cause
du cruel isolement que vous éprouvez... Ne l'at-
tribuez qu'à vous seule. — A moi ! dites-vous ; je
ne puis vous comprendre. — C'est la douceur angélique de votre mère, c'est sa trop grande indulgence qui vous rend si coupable aux yeux du
monde. — Coupable ! et de quoi ? — D'être indifférente pour celle qui vous donna le jour. — Moi !
ne pas aimer ma mère ! Ah ! je donnerais pour
elle mon sang, ma vie... — Et pourquoi donc la
traitez-vous avec aussi peu d'égards ? pourquoi
n'obéir à ses ordres qu'en murmurant ou les élu-
der avec une inconvenance remarquable ? Elle
feint, par excès de tendresse, de ne pas en être
blessée ; mais les personnes qui vous approchent
sont fondées à croire que vous ne la regardez que
comme une simple surveillante, que vous ne lui
portez que des sentiments froids et calculés sur
le besoin que vous avez d'elle. Voilà ce qui vous

a privée des différentes liaisons que vous avez
voulu former; voilà ce qui vous a fait perdre la
confiance et la considération de vos jeunes compagnes. On a craint de s'attacher à celle qui négligeait à ce point les droits sacrés du sang; et
moi, toute la première, je me suis éloignée de
vous en me disant : Comment compter sur un
cœur qui résiste à la voix de la nature? l'indifférente fille de la plus tendre mère ne peut jamais
être une véritable amie. »

Cette révélation produisit sur Erliska l'effet le
plus terrible et en même temps le plus salutaire.
Noyée de larmes, elle gémit de son erreur, avoua
sa coupable habitude, à laquelle on la vit renoncer pour jamais. Avide d'estime et d'attachement,
elle montra pour sa mère une soumission respectueuse, des soins assidus, une tendresse inaltérable. Peu à peu elle regagna ce qu'elle avait
perdu : le contentement de soi-même et les faveurs de l'opinion publique. Mais le premier de
tous ces biens, le trésor qu'elle ambitionnait le
plus, ce fut l'amitié de Virginie. Elle l'avait ra-
menée à ses devoirs; chaque jour elle lui faisait
éprouver le charme de la piété filiale; chaque
jour elle élevait son âme en lui faisant honorer la
source de son être; en un mot, elle lui avait appris ce que vaut... *une mère.*

LA CHAUMIÈRE DE LA VEUVE.

Sur les rives charmantes du Cher est le village
de *Saint-Avertin*, renommé par la fertilité du
vignoble, la beauté des sites et le nombre considérable d'habitations délicieuses qu'il réunit. La
plus belle est le château de *Cangé*, bâti au sommet du coteau méridional de la rivière qui baigne
ses bas jardins et ses vastes prairies. On ne saurait trouver dans la Touraine un point de vue
à la fois plus riche et plus varié que celui dont
on jouit dans cet admirable séjour. On dirait que
la nature voulut y rassembler tout ce qui peut
donner une idée de sa magnificence. A droite, on
découvre la ville d'Amboise, et, sur la ligne ho-
rizontale, le château de Blois; à gauche, la ville
de Tours; plus bas, celles de Luynes, de Langeais, et, huit lieues plus loin, les tourelles de
la forteresse de Saumur. En face s'élèvent les
riches coteaux de la Loire, qui coule à une demi-
lieue des rives du Cher, arrosant ensemble une
immense vallée de près de trente lieues de long,
de la plus belle agriculture, et couverte de qua-

tre-vingts villages qu'on distingue aisément à l'aide du télescope. Aussi Barthélemy, qui y fut conduit un jour, s'écria-t-il à cet aspect ravissant : « Ah ! c'est une seconde création ! »

Ce château appartient aujourd'hui à l'un des plus riches fabricants de scieries de la ville de Tours, allié de ma famille ; et l'accueil qu'il fait aux étrangers qui vont visiter cette belle demeure ajoute encore à tout ce que la nature y réunit. Je ne vais jamais revoir le pays qui me vit naître sans attacher mes regards sur ce château de Cangé, où je fus souvent accueilli dans ma jeunesse par l'honorable famille *de Sévelinges*, dont le pays conserve encore le souvenir.

Lors du dernier voyage qui m'y conduisit, j'eus le bonheur d'embrasser le vieux pasteur du lieu, nommé *Nivet*, jadis mon professeur de troisième au collége royal de Tours, et je recueillis de sa bouche une anecdote qui doit, si je ne me trompe, intéresser vivement mes petites amies.

Au bas du coteau de Saint-Michel, attenant au village de Saint-Avertin, est une humble chaumière occupée par une veuve infirme dont le mari et les deux fils sont morts dans la funeste campagne de Moscou. Seule, sans parents, sans appui, cette pauvre femme, qu'on appelait la mère Durand, existait du travail de ses mains : elle employait tout son temps à dévider de la soie pour les fabricants de la ville de Tours, ce qui, en s'occupant depuis cinq heures du matin jusqu'à huit heures du soir, peut produire à l'ouvrière environ dix à douze sous par jour. Naturellement gaie et résignée aux coups du sort, la mère Durand trouvait le moyen de cultiver elle-même son jardin ; et du produit de ses veilles elle faisait bêcher et entretenir un petit clos de vignes qu'elle possédait au sommet du coteau de Saint-Michel, et qui produit le meilleur vin du canton.

Mais bientôt l'excès de travail et l'isolement pénible où se trouvait cette malheureuse veuve diminuèrent ses forces, altérèrent sa santé. Paralysée du bras gauche, elle ne fut plus en état de pourvoir à son existence ; et les principaux habitants du village s'occupèrent à la placer dans un hospice. Mais c'eût été lui donner la mort : l'idée seule de quitter sa chaumière, où elle était née, où elle avait eu le bonheur d'être épouse et mère, où, depuis soixante ans, elle jouissait d'une douce indépendance, cette idée la désespérait ; et sans cesse elle répétait à ses voisins que le jour où elle serait forcée de quitter son humble demeure serait le dernier de son existence.

9

Le château de Cangé était, à cette époque, habité par une famille opulente, qui, après avoir couru les chances les plus favorables du commerce, dans les quatre parties du monde, était venue s'établir et se délasser de ses longs travaux dans le beau jardin de la France, si digne de sa célébrité. Un des chefs de cette famille honorable était capitaine de vaisseau et l'heureux père de deux jeunes filles, nommées Céline et Louisa : l'aînée avait douze ans, et la cadette ne comptait qu'un printemps de moins que sa sœur. Le hasard les conduisit à la chaumière de la veuve, qui leur raconta ses malheurs, et la nécessité cruelle où elle se trouvait d'aller mourir dans un hospice

« Eh quoi ! dit Céline, la veuve et la mère de trois militaires morts au champ d'honneur serait forcée de quitter son paisible foyer ! Nous ne le souffrirons pas. — Non, non, dit à son tour Louisa ; nous conserverons à cette respectable infirme sa chaumière et ses chères habitudes. Promettons-nous de diriger nos promenades du matin de ce côté, et l'excellente bonne qui nous a élevées nous secondera dans le projet que je conçois. Prenez courage, mère Durand, nous ne vous abandonnerons pas ; et, dès demain, nous

commencerons notre service auprès de vous. —
Vot' service, mes bonnes demoiselles! ah! c'est
moi qui s'rais heureuse d'être au vôtre, si j'avais
assez d' forces pour ça ; mais faut ben se soumet-
tre aux volontés du ciel, et respecter jusqu'aux
rigueurs dont il nous accable : faut toujours
croire, comme nous l' dit not' bon pasteur, qu'
les maux dont il nous frappe sont une expiation
d' nos fautes, et l'assurance d'un meilleur sort
dans l'autre monde. »

Les deux jeunes sœurs furent touchées de la
pieuse résignation de la veuve ; et, après l'avoir
aidée aux soins de son petit ménage, elles s'éloi-
gnèrent en regardant à plusieurs reprises la vénérable infirme, qui suivit de ses yeux reconnais-
sants les deux anges que le ciel avait envoyés à
son secours, jusqu'à ce qu'elle les eût tout-à-fait
perdus de vue.

Le lendemain matin, pendant que leur famille
reposait encore au château, Céline et Louisa,
escortées de leur fidèle gouvernante, se rendirent
à la chaumière de la veuve, qu'elles trouvèrent
levée et faisant sa prière à Dieu, comme si elle
eût été comblée de ses bénédictions. Pendant que
la gouvernante fait le lit de la mère Durand, les
deux jeunes demoiselles s'empressent d'aider

cette dernière à se vêtir, et lui préparent un déjeuner frugal, mais stomachique, avec du vin
vieux, du sucre et un petit pain qu'elles avaient
apporté. C . eût dit la respectable aïeule des
deux charmantes créatures dont elle était entourée. L'une frotte avec un liniment salutaire le
bras de la vieille, qui s'imagine que son sang
circule de nouveau sous la main douce et bien-
faisante qui la caresse; l'autre allume du feu avec
deux vieux tisons qui, par hasard, se trouvaient
encore dans la cheminée, et chauffe un morceau
de flanelle dont elle fait une friction, qui, peu à
peu, fait pénétrer dans le membre engourdi de la
malade une chaleur vivifiante, et lui permet de
remuer un peu les doigts, ce qu'elle n'avait pu
faire depuis longtemps. Enfin, tous ces devoirs
de la charité étant remplis, on s'occupe à dévider
quelques écheveaux de soie que plusieurs fabricants de la ville confiaient encore à cette pauvre veuve. Céline, Louisa et leur gouvernante,
chacune un dévidoir devant elles, agitent vivement une bobine qui se remplit de soie, et se
font diriger dans cet essai par la mère Durand,
souriant au zèle de ses trois apprenties.

Le plus grand secret avait été recommandé à
la bonne vieille, et, pendant tout le mois de juin

et la moitié de juillet, eut lieu, dès le lever du
soleil, ce pieux pèlerinage à la chaumière de la
veuve, dont on fermait la porte avec soin. Ce n'é-
tait que vers dix heures, au moment où la cloche
du château sonnait le déjeuner, qu'on y remontait à la hâte, et qu'on paraissait avoir fait la
promenade la plus délicieuse.

Les voisins de la mère Durand ne revenaient
pas de la gaieté qui renaissait sur ses traits flé-
tris par le malheur. Ils ne pouvaient concevoir
comment, ne pouvant agir que du bras droit, elle
vaquait à ses travaux et subvenait à ses besoins.
« Bon, leur disait-elle, n' savez-vous pas qu'
Dieu n'abandonne jamais ceux qui croyent à sa
justice et s' confient à sa bonté? Chaque jour ma
paralysie s' dissipe, et d'puis six semaines surtout, j'ons usé d'un certain r'mède qui bientôt
m' rendra tout-à-fait libre d' mes pauvres membres, et m' sauvera du malheur d' quitter ma
chaumière. »

Cependant le père de Céline et de Louisa s'était
aperçu de l'absence qu'elles faisaient chaque matin, et, remarquant dans leur conduite un mystère, il résolut de l'éclaircir. Vainement il avait
fait, à cet égard, plusieurs questions à leur discrète gouvernante; celle-ci, tout en le rassurant

sur les motifs des secrètes promenades de ses filles, avait déclaré que rien ne pourrait lui faire divulguer le secret qu'elles lui avaient confié.

Le capitaine voulut toutefois s'assurer par lui-même de ce que faisaient ses enfants. Un matin, avant le lever du soleil, il les devance au hameau de Saint-Michel, les suit dans leur pèlerinage accoutumé, et les voit entrer dans une chaumière située sur les rives du Cher. Céline portait un petit panier de jonc paraissant contenir quelques provisions, Louisa tenait à la main un paquet de linge, et la bonne qui les accompagnait avait sous le bras une vingtaine de bobines remplies de soie, qu'elle avait réunies par un cordon. Le brave marin se douta sans peine qu'il s'agissait de quelque bonne œuvre, et bientôt il en eut la conviction. A peine s'était-il glissé le long de la chaumière, du côté du jardin, qu'il aperçut, à travers une petite croisée à moitié vitrée, le tableau touchant que je vais essayer de décrire.

Céline tenait le bras gauche de la veuve, elle y versait une eau spiritueuse dont Louisa formait une friction avec un morceau de flanelle que la gouvernante renouvelait de temps en temps par un morceau semblable chauffé à la cheminée : et la mère Durand, les yeux levés vers le ciel, semblait lui demander de répandre ses bénédictions sur les deux jeunes sœurs. Bientôt la conversation qui s'établit entre elles apprit au capitaine que, depuis près de six semaines, ses deux filles prodiguaient leurs soins à cette digne femme ; et que, ne se bornant pas à lui procurer tout ce qui pouvait adoucir sa cruelle position, elles réparaient la cessation de travail à laquelle était réduite la pauvre infirme en dévidant avec leur gouvernante, dans leur appartement au château, la soie confiée à la mère Durand, travail fastidieux, mais devenu son unique ressource. Ému de ce généreux dévouement, qui lui donnait l'explication des promenades du matin, et de l'espèce de retraite à laquelle Céline et Louisa paraissaient vouloir se condamner, l'officier de marine confia ce trait de bienfaisance au digne pasteur, qui me l'a rapporté, et dont la pieuse sollicitude résolut de profiter pour attirer sur la malheureuse veuve l'intérêt et la considération de tous les habitants du pays.

La fête patronale du village avait rassemblé beaucoup de monde au château de Cangé. La mère Durand, déjà plus qu'à moitié guérie de son infirmité, s'y était rendue sur l'invitation de ses doux jeunes bienfaitrices, qui croyaient que leur secret restait ignoré, la bonne vieille leur ayant promis de ne jamais le révéler. Elle fut abordée, dans la foule, par quelques fabricants de soieries qui lui donnaient de l'ouvrage, et s'étonnaient qu'avec un bras en écharpe elle pût répondre à leur confiance avec autant d'exactitude. La pauvre femme rougit et balbutia. Ses regards, en ce moment portés sur Céline et Louisa, semblaient leur dire : « Ne craignez rien, je n' vous trahirai pas. » Mais le vénérable pasteur, qui saisissait toutes les occasions d'exciter la charité chrétienne, désigne à ceux qui l'entourent les deux charmantes sœurs comme les anges tutélaires de la mère Durand, et divulgue tout ce qu'elles avaient fait pour la secourir.

Cette révélation produisit l'effet qu'en attendait le digne vieillard. Les jeunes villageoises des environs, en applaudissant au trait de bienfaisance des deux demoiselles du château, se reprochèrent de s'être laissé prévenir, et se promirent de profiter de l'exemple qu'elles leur donnaient. Elles arrêtèrent que deux d'entre elles feraient tour à tour le service de la semaine auprès de la respectable veuve et l'aideraient dans ses travaux. Chaque dimanche, à la sortie de la messe.

toutes les jeunes filles tiraient au sort, et celles qu'il désignait allaient s'établir à la chaumière de la veuve, et la soignaient comme une tendre mère. Jamais le dévidage de la soie n'avait été aussi productif. Mais ce qui vint mettre le comble au bonheur de la pauvre femme, entièrement rétablie de son infirmité, c'est que les jeunes vignerons du pays voulurent à leur tour prouver leur dévouement à la femme, à la digne mère de ceux qui avaient versé leur sang pour la patrie. Ils convinrent également que, tous les mois, deux d'entre eux, choisis par le sort, seraient chargés tour à tour de cultiver le jardin de la veuve, et surtout son clos de vignes, en friche depuis deux ans. Ce pacte, exécuté avec autant de zèle que d'assiduité, procura, dès la même année, à la mère Durand, une récolte d'excellent vin, dont la vente lui rendit l'aisance et la sécurité de l'avenir. Elle ne rougissait point de recevoir les services de cette brillante jeunesse qu'elle avait vue naître, et se disait que lorsque son mari et ses enfants étaient morts au champ d'honneur, il était juste que l'humble champ qu'elle possédait fût cultivé par ceux qu'ils avaient représentés sous les drapeaux français. Le sang des uns était, en quelque sorte, expié par la sueur des autres, et cet échange civique prouvait que le guerrier qui tombe dans les combats ne meurt pas tout entier, et laisse un souvenir honorable qui, tôt ou tard, rejaillit sur sa famille.

La mère Durand existe encore, soignée, honorée par tout les habitants de son village. Elle n'a point quitté le lieu de sa naissance ; elle s'occupe quelquefois à dévider de la soie à l'entrée de sa demeure, d'où ses regards attendris se portent sur le château de Cangé ; et tous les étrangers qui vont visiter ce beau séjour, instruits de ce fait historique si digne des bons agriculteurs du jardin de la France, se font désigner avec empressement la *chaumière de la veuve*.

LES DEVOIRS DE L'HOSPITALITÉ.

Dans les siècles les plus reculés, chez toutes les nations, au palais des rois comme à la cabane du pâtre, l'hospitalité fut un devoir, une espèce de culte qu'on observait avec respect. Les saintes Écritures, les poètes de l'antiquité, les historiens de tous les temps, de tous les lieux, décrivent avec fidélité ce touchant accueil qu'on fit constamment à l'amitié, au malheur, à de hautes vertus, au seul titre d'hommes. On a vu, dans nos troubles civils, des proscrits trouver un asile chez ceux dont ils exposaient la vie; et, lorsque la victoire se lassa de favoriser nos armes, un grand nombre de nos braves défenseurs durent l'allégement de leurs maux, souvent même la conservation de leurs jours, à ce noble et antique usage d'admettre à son foyer l'étranger qui s'est égaré dans sa route, l'infortuné dont la souffrance ou la fatigue ont épuisé les forces.

Estelle Mornand, âgée de quinze ans, et Mélanie Valcour, qui n'en comptait qu'environ quatorze, élevées dans le même pensionnat, éprouvaient un mutuel attachement qui les dédommageait de l'absence de leurs parents. Estelle était fille d'un chef d'escadron que de graves blessures avaient forcé de se retirer du service. Mélanie était l'unique enfant d'un riche habitant de la ville de Tours, qui possédait une des plus agréables terres du jardin de la France, située sur les bords de la Vienne, dans les environs de Chinon. Les deux jeunes pensionnaires, liées par cette douce sympathie de goûts, de penchants qui

toujours a tant d'empire sur les âmes neuves, ne
pouvaient exister séparées l'une de l'autre. Lorsque Mélanie allait à la terre de ses parents, c'était
une correspondance qui, chaque jour, exprimait
le tourment de l'absence; et, lorsqu'Estelle se
trouvait forcée de rester près de son père, devenu
veuf, et dont les blessures exigeaient des soins
assidus, Mélanie obtenait de sa mère la permission d'aller passer auprès de sa chère compagne
tout le temps qu'elle pouvait dérober à ses études. En un mot, on citait partout les deux jeunes
pensionnaires comme un modèle de la plus parfaite amitié.

Toutefois la différence de fortune produisait
chez les deux inséparables plus ou moins d'appli-
cation au travail. Mélanie, unique héritière d'un
père opulent, dont elle était aimée, et d'une mère
chez qui l'indulgence égalait la tendresse, n'ob
tenait pas dans ses études le même succès que
sa jeune amie. La première, certaine de réunir
tous les avantages de l'opulence et d'être recherchée par les familles les plus distinguées, ne possédait que ces demi-talents de société, que cette
instruction suffisante pour se présenter dans le
monde. La seconde, qui n'avait pour ressource
que la pension de retraite dont jouissait son père

et quelques modiques économies qu'il avait pu faire, se livrait avec ardeur aux leçons en tout genre qu'elle recevait dans l'honorable maison où s'était écoulée son enfance. Elle joignait à l'instruction la plus étendue des talents qu'elle portait jusqu'à la perfection. Elle peignait le paysage avec une facilité remarquable et l'animait de figures posées avec une vérité frappante. Douée d'une voix flexible et pénétrante, elle accompagnait sur le piano; déjà même elle exécutait, à livre ouvert, tout ce que les grands maîtres composaient de plus savant. Aussi avait-elle remporté les premiers prix de musique et de peinture, tandis que sa jeune compagne n'avait pu mériter qu'un second accessit, et cela parce que l'aimable Estelle l'excitait sans cesse à vaincre son indolence et lui faisait faire des études particulières avec tout le zèle d'une sœur aînée, avec ce noble désir d'élever jusqu'à elle l'objet de ses plus tendres affections.

Tant que cette supériorité en tout genre n'eut lieu qu'à la pension, l'amour-propre de Mélanie n'en souffrit aucunement. Elle trouvait même une espèce de triomphe à se dire l'inséparable de la charmante Estelle, qui réunissait tous les suffrages et recueillait toutes les couronnes. La première amitié, ce sentiment à la fois si vif et si doux, est une association délicieuse, où tout est nivelé par le cœur, où l'on ne connaît aucune prérogative, aucune suprématie. Le succès de celle qu'on aime devient en quelque sorte personnel, et l'on s'identifie avec elle jusqu'à se croire de moitié dans les éloges qu'elle mérite, dans les récompenses qu'elle obtient. Mais en est-il toujours de même dans le monde? C'est ce que nous démontrera l'anecdote dont je fus le témoin, et que je me fais un devoir de raconter à mes petites amies, pour les prémunir contre ces atteintes de l'amour-propre qui nous aveuglent et nous détachent par degrés de ce que nous aimions le plus.

Le temps des vacances était arrivé. Monsieur et madame Valcour se disposaient à conduire Mélanie à la terre qu'ils possédaient sur les bords de la Vienne; mais celle-ci, plus attachée que jamais à sa chère Estelle, pria son père et sa mère de permettre qu'elle emmenât son amie, dont la santé était altérée par excès de travail, et qui, tout en se rétablissant, lui procurerait la société la plus agréable et la plus utile. Mélanie n'eut pas de peine à obtenir de ses parents la permission qu'elle réclamait; et le brave Mornand, forcé d'aller prendre les eaux pour achever de cicatriser ses blessures, fut ravi que, dans son absence, sa fille allât respirer l'air de la campagne sous les auspices de l'amitié.

Voilà donc nos deux jeunes pensionnaires établies dans un très-beau château, au milieu de vastes jardins, de bois délicieux, et sur les bords d'une rivière qui répandait partout la fraîcheur et la fécondité. Oh! que de promenades sur l'eau! que de courses en char-à-bancs! que de joyeuses parties dans les environs! Ce qui charmait surtout nos deux pensionnaires, c'était le voisinage de la ville de Chinon et d'un grand nombre de belles habitations, dont les propriétaires formaient une société choisie. Chaque jour se renouvelait une réunion nombreuse, et souvent, au sein de cette heureuse liberté qu'autorise le séjour des champs, on retrouvait le charme et les avantages d'une grande ville. Tantôt c'était un concert composé à l'improviste, et qui, par cela même, n'en devenait que plus attrayant; tantôt on jouait un proverbe, où la gaieté décente et l'esprit sans prétention faisaient naître des scènes comiques, inspiraient d'heureuses saillies; tantôt enfin c'était une fête de village où les riches propriétaires, confondus parmi les bons et joyeux agriculteurs, prouvaient que le plaisir ne connaît ni les rangs ni les distances.

On conçoit que, dans ces diverses réanions, nos deux jeunes amies ne tardèrent pas à se faire distinguer. Mélanie dansait à ravir, mais avec prétention; Estelle avait une danse plus simple : son maintien, tous ses mouvements, offraient une grâce naturelle. La première excitait la curiosité ; elle attirait les hommages. La seconde, par son aimable enjouement, par cette communication décente qui séduit, se voyait environnée d'une foule nombreuse. Faisait-on de la musique, Mélanie étonnait tous ses auditeurs par un chant rempli de difficultés, de roulades et de fioritures, que sa jeune compagne lui avait fait répéter; mais celle-ci, dans un air plein d'expression, pénétrait tous les cœurs, excitait un véritable enthousiasme. Ce qui surtout donnait à la jeune Estelle un grand avantage sur Mélanie, c'est qu'elle s'accompagnait sur le piano avec une assurance, un aplomb qui faisaient ressortir encore les heureux dons qu'elle avait reçus de la nature, et que le travail le plus constant avait perfectionnés.

Mais c'était surtout dans les proverbes improvisés que l'ingénieuse Estelle montrait tout ce que l'esprit et l'instruction peuvent avoir de séduisant. Elle ne recherchait point les premiers

rôles, mais ceux qui, tout en faisant briller les
autres, exigeaient de la suite dans les idées, un
tact fin, délicat, une heureuse imagination. Re-
présentait-elle une jeune villageoise gauche et
timide, une servante d'auberge active et gaie,
une servante adroite et rusée, elle prenait si bien
le masque, le langage et le maintien de ces divers personnages, qu'on s'imaginait les voir et
les entendre. Aussi, dès qu'elle entrait en scène,
recevait-elle de tous les spectateurs un accueil et
des applaudissements qui la désignaient comme
l'un des premiers sujets de la troupe. Mélanie
obtenait aussi quelques suffrages par sa tenue
imposante et le ton recherché qu'elle savait prendre dans les rôles de dame de maison ; mais elle
était loin d'avoir la verve, la précision, et surtout
les heureuses reparties de sa jeune compagne...
Bientôt l'envie, ce reptile venimeux qui se glisse
imperceptiblement jusque dans le paisible séjour
de l'amitié, vint répandre ses poisons sur les deux
amies, dont elle eût rompu les liens sacrés, si la
prévoyante Estelle n'eût pas mis en usage ce
qu'en pareil cas lui dictaient la délicatesse et son
inaltérable attachement pour Mélanie. Elle s'étudia donc à donner par degrés moins d'expression
a tout ce qu'elle disait, à retenir sur ses lèvres les

mots heureux qui lui venaient à la pensée. Elle porta sa généreuse résignation jusqu'à montrer moins de supériorité dans les divers talents qu'elle possédait. Le piano, sous ses doigts magiques, n'avait plus autant d'harmonie; l'air qu'elle chantait semblait ne plus aller à sa voix, qui, chaque jour, perdait de son éclat et de sa fraîcheur. Les paysages qu'elle peignait n'offraient plus ce reflet de la nature, cette variété de détails qu'on admirait dans ses ouvrages précédents. Enfin, dans les proverbes où elle paraissait encore, elle ne montrait qu'une intelligence ordinaire, et se bornait aux utilités.

La famille Valcour et toute la société qu'elle réunissait attribuèrent ce changement étrange au défaut de travail, à cette dissipation qu'on se permet à la campagne, et qui fait perdre insensiblement les fruits d'une éducation soignée. On ignorait que ce changement dans Estelle était un calcul de l'esprit le plus pénétrant et de l'âme la plus élevée pour ménager l'amour-propre blessé d'une rivale et se soustraire aux souffrances secrètes que cette dernière faisait éprouver depuis quelque temps à sa première amie, à sa compagne de pension.

En effet. Mélanie n'avait plus pour Estelle que

des égards mesurés et contraints. Rarement ses
yeux s'arrêtaient sur les siens ; elle ne lui répondait que par un sérieux qu'elle s'efforçait de rendre le plus digne qu'il lui fût possible. Estelle,
en serrant la main de sa chère compagne, ne
rencontrait que des doigts lâches, immobiles; à
cet élan de deux cœurs habitués à s'épancher,
à ces confidences de tous les instants, à ce tutoie-
ment dont l'habitude, entre pensionnaires, est con-
sacré pour la vie, Mélanie avait fait succéder une
politesse étudiée, une réserve continuelle, souvent même un *vous* désespérant, que l'expression
de *mademoiselle* rendait plus outrageant encore.
Oh ! combien eut à souffrir notre aimable orpheline ! que les matinées qu'elle passait toute seule
dans son appartement lui parurent longues et pénibles ! De quels coups son noble cœur était
déchiré chaque fois qu'elle retrouvait au salon
son indifférente compagne ! Avec quel empressement elle eût fui de ce château, où tout pour elle
devenait contrainte, souffrance, humiliation !...
Mais son père était absent; il l'avait confiée aux
tendres soins de madame Valcour, qui lui tenait
lieu de mère. Révéler à cete dame si distinguée
tout le mal que sa fille lui faisait endurer, c'eût
été faire retomber sur celle-ci de justes repro-

chos, c'eût été rompre avec elle pour jamais.
Estelle aimait encore Mélanie; elle ne désespérait pas de regagner son cœur et de la faire repentir d'avoir méconnu à ce point les devoirs
sacrés de l'hospitalité. Elle s'arma donc de nouvelles forces; elle résolut de sacrifier ce qu'elle
avait de plus cher, ce qui, dans sa position sociale, pouvait peut-être devenir son unique ressource, c'est-à-dire ce droit si flatteur et si légitime de briller par son savoir et ses talents, de
se faire distinguer par les qualités de l'esprit et
du cœur. Elle prétexta d'abord un dérangement
dans sa santé, s'isola constamment au milieu des
cercles nombreux dont, chaque jour, elle était
entourée, et laissa bientôt l'ambitieuse Mélanie
étaler à son aise tous les avantages qu'elle réunissait, et recueillir les applaudissements d'un
cercle nombreux et choisi.

Plusieurs mois s'écoulèrent sans que la généreuse Estelle vît diminuer son chagrin. Mélanie,
qui ne pouvait soupçonner un sacrifice dont
jamais elle n'eût été capable, profita de l'espèce
d'inertie où paraissait être tombée sa rivale pour
l'éclipser tout-à-fait. Elle s'imaginait la dédommager amplement en la tutoyant encore quelquefois, en lui faisant quelques prévenances

étudiées, que son amie recevait toujours avec empressement, espérant encore la ramener à des sentiments dont son noble cœur avait besoin.

Le brave Mornand revint des eaux, guéri presque entièrement de ses blessures. Il s'empressa de se rendre à la terre de la famille Valcour et de rejoindre sa chère Estelle, qu'il n'avait pas vue depuis longtemps. Malgré la joie qu'éprouva cette tendre fille à la vue de son père, malgré tous les efforts qu'elle faisait pour dissiper les nuages empreints sur sa figure, celui-ci remarqua facilement qu'une peine secrète la tourmentait. Mais ce fut en vain qu'il la pressa de questions à cet égard, elle ne fit aucun aveu de son tourment secret, et n'attribua l'altération qui régnait sur ses traits qu'au chagrin insurmontable d'être séparée du meilleur des pères.

Quelques jours après eut lieu la réunion formée par les propriétaires des environs au château de monsieur et madame Valcour. Le père d'Estelle remarqua d'abord, non sans quelque surprise, l'extrême simplicité de la toilette de sa fille. Bien qu'elle n'eût jamais montré la moindre vanité, elle avait coutume de se faire distinguer par une élégance sans faste et par un goût parfait. On fit de la musique. Estelle tint le piano

avec son assurance ordinaire; mais il n'y eut
rien de remarquable dans son jeu, naguère si
expressif. Enfin, forcée de chanter un air à son
choix, elle exécuta presque à demi-voix un simple nocturne, et n'obtint que de ces applaudissements qu'on accorde par complaisance, elle qui
jetait autrefois tous ses auditeurs en extase et
faisait vibrer les cordes du cœur par la puissance
et l'étendue de ses moyens. Le chef d'escadron
était désespéré, et, n'attribuant un aussi grand
changement qu'au chagrin que sa fille avait
éprouvé de son absence, il se promit bien de ne
jamais s'en séparer.

Enfin l'on joua quelques proverbes. Notre brave
militaire s'attendait à ce que sa chère Estelle
prendrait sa revanche par ce jeu franc et naturel, par ces piquantes saillies qui l'avaient char-
mé tant de fois; mais quel fut encore son désappointement en voyant sa fille ne remplir que des
utilités par complaisance, se borner à donner
quelques répliques à ses interlocuteurs, et ne
s'occuper qu'à les faire briller! M. Mornand crut
rêver, et lui-même tomba dans une sombre tristesse dont s'aperçut Estelle. Il lui en coûtait sans
doute de faire souffrir le plus tendre des pères;
mais sa résolution était prise : elle préférait, en

quelque sorte, s'andantir à reprendre des avantages qui n'eussent fait que lui former pour jamais le cœur de sa jeune amie. Celle-ci, toutefois, profitait amplement du champ libre que lui laissait sa rivale, et saisissait avec avidité toutes les occasions de l'éclipser. Le chef d'escadron, dont l'amour-propre était blessé, crut avoir enfin deviné le secret motif qu'avait sa fille de se réduire à cette étrange nullité, de se condamner à cette abnégation d'elle-même qui le faisait tant souffrir. La piété filiale ne put résister aux vives instances, à l'autorité d'un père. Estelle avoua donc le sacrifice qu'elle avait fait dans l'espoir de conserver le cœur de son amie. « Tu l'espères vainement, lui dit Mornand ; l'envie et le sot orgueil ont tari dans son âme tout sentiment généreux ; tu serais dupe dans une liaison devenue aussi mal assortie : il faut y renoncer. Je ne veux point cependant que tu te sépares de cette fausse amie, de cette envieuse égoïste, sans reprendre tous tes droits et lui donner la leçon qu'elle mérite. J'espère donc que tu suivras de point en point le plan de conduite que je vais te tracer pendant le peu de jours que nous resterons dans ce château.» Estelle promit d'obéir ; mais on lisait sur sa figure combien il en coûterait à son cœur aimant et généreux.

Dès le lendemain, Estelle mit plus de soin à sa toilette; le sourire revint sur ses lèvres silencieuses; elle reparut au salon avec sa grâce naïve, son aimable enjouement. La présence et la guérison de son père semblaient autoriser cet heureux changement. Peu de jours après eut lieu la réunion d'usage. Estelle, plus recherchée encore dans sa parure, fit briller tous ses avantages; elle ravit au dîner les divers convives par de piquantes saillies, par cet ascendant irrésistible d'une âme élevée et d'un esprit cultivé. Le soir, on fit de la musique : elle enleva tous les suffrages en accompagnant sur le piano sa voix étendue, expressive. Ce qui surtout produisit une vive impression, ce fut une romance où l'amitié était peinte dans toute sa pureté. Elle chanta avec une expression si pénétrante, que Mélanie elle-même en fut troublée et crut remarquer dans les tendres regards d'Estelle un reproche mérité. Mais, ranimée par son insatiable ambition, elle essaya d'entrer en lice avec elle, et lui proposa de chanter ensemble un duo. Estelle hésite et n'ose commencer une lutte où tout lui promet la victoire; mais un regard de son père lui ordonne d'accepter le défi de la présomptueuse et de la traiter sans nul ménagement. Elle paralyse bien-

tôt les brillantes roulades de sa rivale par la
puissance de sa voix et le charme entraînant de
son exécution. Mélanie, forcée de céder à la supériorité d'un talent qu'elle croyait affaibli, essaya
de balbutier quelques éloges qu'Estelle sut élu-
der avec adresse. Tout le reste de la soirée fut
un triomphe pour celle-ci : jamais on ne l'avait
vue aussi brillante, aussi spirituelle. Dans toute
autre circonstance on eût critiqué sans doute cet
étalage de savoir et de talent, toujours blâmable
dans une jeune personne ; mais les regards qu'Estelle portait sans cesse sur Mélanie indiquaient
assez que c'était à regret qu'elle l'accablait de sa
supériorité sur elle, et qu'en ressaisissant la victoire elle ne faisait qu'obéir aux ordres impérieux
d'un père.

Mélanie sentit alors qu'elle avait blessé le cœur
le plus tendre. Interprétant sans peine la nullité
généreuse à laquelle s'était condamnée sa jeune
compagne, elle comprit tout ce qu'elle avait dû
souffrir. Le lendemain, dès qu'elle fut éveillée,
elle résolut d'aller avouer ses torts à sa chère
Estelle, bien sûre d'en obtenir aisément l'oubli ;
mais il n'était plus temps. Mornand et sa fille
étaient partis dès l'aube du jour, laissant une
lettre pour monsieur et madame Valcour, qu'ils

10

remerciaient de toutes leurs bontés. Lorsque
Mélanie, certaine de regagner le cœur de son
amie d'enfance, entre dans l'appartement que
cette dernière occupait, elle trouve sur un cheva-
let un nouveau paysage qu'Estelle avait peint
secrètement pendant sa solitude. Il représentait
les abords de la Vienne et l'un des sites les plus
délicieux au bas de la belle habitation de la famille Valcour, que l'on voyait à mi-côte. Sur le
second plan, on découvrait un chef d'escadron
emmenant une jeune personne dont les regards
se portaient vers le château, et semblaient adresser un dernier adieu à celle qu'elle avait tant
aimée. C'était Estelle elle-même obéissant à l'autorité paternelle, et rompant, non sans un grand
déchirement de cœur, les liens si doux de son
enfance. Au bas de ce paysage, d'une vérité frappante, le père d'Estelle avait écrit ces mots :
« Ma fille ne peut plus être l'amie de celle qui
ne sut pas respecter les devoirs de l'hospitalité. »

MISS TOUCHE-TOUT.

Rien ne prouve autant la petitesse d'esprit et le défaut d'éducation que cette ridicule manie qu'ont certaines jeunes personnes de toucher à tout ce qui se trouve sous leurs mains, à tout ce qui s'offre à leurs regards. C'est une inquisition qui fatigue; c'est une indiscrétion qui blesse. Il n'est pas de défaut plus commun, et qui peut-être expose à plus d'humiliations et de responsabilité. J'en ai vu plusieurs exemples frappants que je me fais un devoir d'offrir à mes petites amies, pour les préserver des suites fâcheuses de cette habitude, à laquelle on se livre sans y songer, et pour les maintenir dans cette prudence de tous les instants, dans cette publique retenue que la nature impose à leur sexe, et sans lesquelles une jeune fille, quelque bien née, quelque intéressante qu'elle puisse être, perd ce qu'elle avait de plus précieux au monde, ses droits à la considération publique.

Mélina de Montbreuil avait été privée, dès l'âge le plus tendre, de la femme de bien dont elle reçut le jour. Son père, d'une tendresse aveugle, et que ses hautes fonctions dans la magistrature retenaient souvent séparé de sa fille, la confiait aux soins et à la surveillance d'une vieille institutrice trop indulgente, et dont l'élève avait contracté plusieurs habitudes que réprouvent les convenances sociales, celle entre autres de porter une main indiscrète à tout ce qui frappait sa vue, excitait sa curiosité. Entrait-elle dans un appartement, elle soulevait les vases d'albâtre ou de porcelaine placés sur des consoles, sur la cheminée; elle posait le doigt sur les aiguilles d'une pendule, sans songer qu'elle en arrêtait le mouvement; elle débouchait des flacons posés çà et là, en exprimant son goût ou son aversion pour les différentes odeurs qu'ils renfermaient. Se trouvait-elle devant une bibliothèque, elle prenait tour à tour les livres dont la reliure la flattait le plus, et en lisait le titre, en examinait les gravures, et les jetait ensuite au hasard, sur différents rayons où ils n'avaient plus le rang qui leur était assigné : ce qui forçait à remettre tout en ordre. Apercevait-elle sur un métier à broder quelque ouvrage, fruit d'une longue patience, elle essayait de faire plusieurs points, que la brodeuse était obligée de recommencer. Une dame de sa connaissance, une de ses jeunes amies, paraissait-elle avec un nouveau collier de pierreries, elle y portait souvent ses doigts couverts de poussière, et à l'instant même elle en ternissait tout l'éclat. A table, elle touchait à tous les mets qu'elle pouvait atteindre, et, sous prétexte de choisir un fruit, elle déflorait par ses attouchements indiscrets tous ceux que contenait la corbeille, et, par cette inconvenance, elle en dégoûtait ses voisins. Entrait-elle dans un magasin de modes ou d'objets d'art pour faire quelques emplettes, elle bouleversait tout, et, plus d'une fois, son irrésistible manie lui avait fait altérer plusieurs marchandises importantes dont elle s'était vue forcée de restituer le prix. Aussi, dans les cercles qu'elle fréquentait, dans toutes les maisons où elle était admise, lui avait-on donné le nom de miss Touche-Tout, titre en parfaite analogie avec l'habitude qu'elle ne pouvait vaincre et la prétention qu'elle avait de parler souvent la langue anglaise, bien que jamais elle n'eût pu en saisir la prononciation.

M. de Montbreuil n'était pas plus à l'abri que tout autre des indiscrétions de miss Touche-Tout. Tantôt elle s'emparait de la chevelure de son père, sous prétexte de lui donner une forme plus analogue à sa figure vénérable ; tantôt elle étalait son jabot, afin de mieux en prononcer les plis ; elle renouait sa cravate, désirant en faire disparaître le double nœud gothique, et l'enlacer à l'anglaise ; tantôt, enfin, elle substituait à la chaîne de sa montre un nœud de ruban qu'elle renouvelait tous les mois, mais auquel plus d'une fois elle oublia d'attacher la clef, que son père cherchait vainement le soir, et qui se trouvait égarée. Le célèbre magistrat supportait avec patience toutes ces familiarités et les contrariétés qu'elles lui faisaient éprouver : il attribuait à l'amour filial ce qui chez Mélina n'était qu'une indomptable manie.

Mais, quelle que fût son indulgence, il ne pouvait douter que sa fille ne devînt chaque jour plus insupportable, dans les différentes réunions où il la présentait. Sans cesse il entendait répéter : « Miss Touche-Tout vient de déchirer le voile d'Angleterre de madame une telle. — Elle a cassé la bonbonnière de celle-ci, laissé tomber la lorgnette de celui-là. — Miss Touche-Tout vient d'effacer un œil du portrait en miniature de mademoiselle une telle, en y portant son doigt rempli de noir d'ivoire. — Miss Touche-Tout a laissé tomber un cornet d'encre sur un morceau de musique écrit de la main de Boïeldieu : la jeune Anaïs, à qui elle appartenait, en pleure de dépit... » Enfin, il n'était aucun désappointement, aucun événement fâcheux, que ne causât l'habitude funeste de la jeune de Montbreuil. On redoutait à tel point son arrivée ou sa présence dans un cercle, que toutes les jeunes demoiselles qui portaient un châle de prix, un chapeau frais, une écharpe nouvelle, les quittaient aussitôt que miss Touche-Tout paraissait, afin de les soustraire à ses atteintes malencontreuses. Mais elle s'en vengeait sur la ceinture de celle-ci, sur les anneaux de celle-là, sur le peigne à l'espagnole d'une troisième, sur les bracelets à la grecque d'une quatrième ; il n'était, en un mot, aucune personne qui pût se soustraire à l'obsession de Mélina.

M. de Montbreuil résolut donc de mettre un terme à ce défaut, qui devenait, en quelque sorte, une calamité publique. Malgré l'importance de ses fonctions et l'austérité de son caractère, il conçut le projet de faire tourner contre elle-même l'habitude fâcheuse de sa fille, et de la rendre, à son tour, victime de cette ridicule manie qui devait nécessairement la conduire à quelque maladresse.

Il s'était aperçu que Mélina, pendant son absence, venait souvent exercer son inquisition dans son cabinet de travail, et, sous prétexte d'y mettre elle-même tout en ordre, portait sa main avide sur les objets les plus précieux. Il substitua d'abord un mélange d'alcali et d'assa-fœtida à l'eau de Portugal que contenait un des flacons de cristal posés sur sa cheminée, et que Mélina ne manquait jamais de déboucher lorsqu'elle venait souhaiter à son père le bonjour du matin. Il espérait que cette première épreuve ferait quelque impression sur sa fille, et l'empêcherait de toucher dorénavant à tous les vases ou cristaux qui se trouveraient sous sa main. En effet, la maniaque incurable entre dans le cabinet de son père, l'embrasse avec l'effusion de la tendresse filiale, touche à tous les bronzes, à tous les marbres qui couvrent son bureau de travail, prend l'une après l'autre cinq à six plumes qu'elle essaye machinalement sur un papier de rebut, et se tache les doigts d'encre, verse à plusieurs reprises le sable bleu que renferme la poudrière, et dont elle laisse tomber une partie dans l'encrier; de là, gagne la cheminée, débouche un premier flacon contenant de l'eau de Cologne qu'elle respire avec délices; débouche enfin le second flacon, et, croyant aspirer l'eau du Portugal, elle éprouve une suffocation subite qui lui soulève le cœur. Cependant elle garde le silence, et ne se plaint aucunement de ce changement d'odeur, qu'elle attribue à l'usage qu'avait son père d'employer des spiritueux pour se délasser de la tension d'esprit qu'exigeaient ses hautes fonctions. Celui-ci, de son côté, feignit de ne point s'apercevoir de la mésaventure de sa fille, et se promit de la mettre à une seconde épreuve.

Mélina montrait pour les araignées la plus grande aversion. Elle avait la folie de regarder ces animaux, d'un instinct remarquable et susceptible d'être apprivoisés au degré le plus étonnant, comme des monstres infectés d'un poison mortel, et dont la piqûre était incurable. Il ne se passait pas de jour qu'elle ne jetât des cris affreux en voyant cet ingénieux insecte tendre ses toiles pour prendre les vermisseaux dont il fait sa nourriture ordinaire, ou descendre du plafond au bout d'un fil qu'il dévide entre ses pattes avec une adresse et une vivacité qu'il est impossible de décrire, et s'en servir avec la même célérité pour remonter à sa retraite. Vainement M. de Montbreuil avait essayé de prouver à Mélina que ces insectes, loin de faire aucun mal, sont susceptibles d'un attachement fidèle et d'une sensibilité profonde. Il lui citait à ce sujet l'exemple d'un malheureux prisonnier d'État mort de chagrin de ce que le geôlier, en entrant dans son cachot, avait écrasé une grosse araignée qui, depuis plusieurs années, était l'unique société, la consolation de cet infortuné, venait à sa voix sur son épaule, sur ses genoux, et prenait de sa main les miettes de pain que, pour elle, il avait prélevées sur ses modiques aliments. M. de Montbreuil ajoutait à ce fait historique ceux rapportés par plusieurs autres naturalistes, qui, souvent, avaient attiré un grand nombre d'araignées par les doux sons d'un instrument sur lequel on les voyait descendre, tressaillir, et tomber en quelque sorte dans une extase qui les mettait sans force et sans défense. Mais, quelque intéressants que fussent ces récits fidèles, Mélina n'avait pu surmonter son antipathie; et son père, désirant à la fois l'en guérir et faire enfin cesser cette insupportable manie qui la rendait la fable de sa société habituelle, renferma dans une tabatière d'écaille qu'il avait auprès de lui, sur son bureau de travail, la plus grosse araignée qu'il put se procurer. Mélina, selon son habitude, après avoir soulevé les marbres qui couvrent divers pa-

piers sur le bureau de son père, après avoir lu les
titres de plusieurs gros livres qui l'entourent,
ouvre par distraction la tabatière, et pousse un
cri perçant à la vue de l'insecte qui s'enfuit,
aussi effrayé qu'elle. M. de Montbreuil feint de
ne rien entendre, et continue l'examen des
pièces d'un procès soumis à son jugement, et
pour lequel son immuable impartialité lui pres-
crivait de prendre tous les renseignements qui
pouvaient éclairer sa justice. Ce silence affecté
du plus tendre des pères convainquit sans peine
miss Touche-Tout qu'il avait lui-même dirigé
cette nouvelle épreuve, et que, las de lui faire
des remontrances sur son insatiable manie, il
avait projeté de l'en guérir par des émotions fortes qui resteraient gravées dans son souvenir.
Loin de proférer la moindre plainte sur la frayeur
qu'elle vient d'éprouver, elle se jette dans les
bras de M. de Montbreuil, fond en larmes, et lui
exprime, par le regard le plus expressif, la résolution qu'elle a prise de se coriger.

En effet, à partir de cette épreuve, Mélina parut avoir renoncé pour jamais à ce besoin si
fâcheux de toucher à tout ce qui se trouvait à sa
portée. C'était surtout pour les tabatières et les
flacons de cristal qu'elle avait conçu une aver-

sion invincible. On remarquait déjà qu'elle était moins indiscrète qu'à l'ordinaire, et que souvent, entraînée par cette habitude d'enfance qu'il est si difficile de vaincre, elle s'arrêtait tout-à-coup, et parvenait, non sans efforts, à la réprimer. Son père était ravi de cette cure, qu'il croyait radicale; et, bien qu'il lui en eût coûté d'exposer aux regards de sa fille l'insecte qui l'effrayait le plus, et de lui avoir causé une suffocation par l'échange opéré dans le flacon d'eau de Portugal, il s'applaudit de ses essais, et jouit pendant quelque temps du succès qu'il avait obtenu.

Mais un penchant enraciné dès l'enfance est comme une plante vénéneuse qui repousse imperceptiblement sous les fleurs qui la couvrent. Cela nous apprend que nous ne saurions extirper de trop bonne heure les germes de nos mauvais penchants, et que plus nous tardons, plus ils sont invétérés dans nos cœurs, dont alors nous ne pouvons les arracher que par des secousses violentes qui souvent influent sur toute notre existence.

Mélina, fille unique d'un excellent père, d'un magistrat justement honoré, Mélina, seule héritière d'une honnête fortune, douée de qualités aimables, et n'ayant qu'un seul défaut dont tout

annonçait qu'elle était corrigée, voyait luire pour
elle le plus brillant avenir, et l'assurance d'être
placée dans le monde d'une manière analogue à
ses goûts. Encore quelques années, et son sort
serait uni à celui de quelque jeune magistrat ou
de quelque avocat célèbre qui la placerait dans
cette classe sociale où l'on jouit des avantages
de l'aisance et d'une considération distinguée.
Mais, hélas! il faut si peu de chose pour faire
tourner la roue de la Fortune, et les fautes les
plus simples en apparence ont quelquefois des
résultats si fâcheux !

Mélina, quoique guérie à l'extérieur de cette
habitude qui lui avait attiré le pénible surnom
de miss Touche-Tout, s'y abandonnait quelquefois encore dans la vie privée. M. de Montbreuil
s'était aperçu depuis quelque temps qu'on avait
dérangé les papiers qui couvraient son bureau de
travail. Il lui semblait aussi que les pastilles de
menthe, que renfermait sa bonbonnière, étaient
singulièrement diminuées. En un mot, il fut convaincu que sa fille, parvenue à réprimer aux
yeux du monde sa ridicule manie, s'y livrait encore en secret, et qu'elle était loin d'être guérie.

« Il me faudra donc, se disait ce tendre père,
employer de fortes épreuves, frapper les sens de

Mélina par de vives émotions. Oh! que cela me répugne, me désespère! et que je me repens de n'avoir pas sévi de bonne heure contre ce penchant, devenu peut-être incurable! Ah! je le sens, mais trop tard, l'excès d'indulgence est une faute grave, et les parents sont responsables du mal que font leurs enfants, et dont ils n'ont pas eu la force de détruire le premier germe.

Un procès d'une haute importance fut soumis à la décision du tribunal que présidait M. de Montbreuil. Il s'agissait d'une somme de cent soixante mille francs qu'un faiseur d'affaires très-renommé prétendait avoir payée à un de ses clients, honnête négociant, père de famille, et dont c'était presque toute la fortune. Celui-ci niait avoir reçu la somme, bien qu'un acquit, d'une forme assez équivoque, et qu'il prétendait lui avoir été surpris par son adversaire, semblât militer en faveur de ce dernier. Les avocats les plus renommés avaient montré, dans ce débat célèbre, tout ce que le savoir et le talent ont de persuasif; et les juges qui devaient prononcer étaient partagés d'opinions. Les uns, entraînés par la réputation de probité dont n'avait cessé de jouir le négociant, voulaient le faire triompher et se contenter de son serment qu'il n'avait point reçu la somme; les autres, rigoureux observateurs de la loi, prétendaient que l'acquit présenté par l'homme d'affaires, n'étant point argué de faux, devait faire pencher la balance de la justice en faveur de ce dernier. Dans cette occurrence, la voix du président devait décider la question, et M. de Montbreuil, voulant apporter dans cette cause les lumières de l'impartialité qui le caractérisait, ordonna, pour prononcer l'arrêt définitif, un délai de quinzaine.

Pendant ce temps, un heureux hasard permit que l'avocat du négociant découvrît un écrit particulier, de la main de l'homme d'affaires, qui prouvait évidemment l'impossibilité où il s'était trouvé jusqu'alors d'acquitter les cent soixante mille francs. Cette pièce importante fut confiée à M. de Montbreuil, qui devait faire un nouveau résumé du procès, et qu'il s'était chargé de présenter lui-même aux juges pour éclairer leur conscience.

On était alors au milieu de l'hiver. Le digne magistrat, la veille du jour où devait être prononcé l'arrêt, avait examiné de nouveau les pièces qui lui avaient été communiquées, et dont la première sur le dossier était l'écrit qui, selon lui, devait jeter un grand jour sur cette cause.

Après avoir pris toutes les notes nécessaires pour appuyer son opinion et s'être bien pénétré des moyens respectifs des deux adversaires, il pose sur son bureau ce dossier assez volumineux, et met dessus un bronze représentant le buste de d'Aguesseau, dont il avait depuis peu de jours fait l'emplette.

Mélina, selon son usage, entre et vient offrir à son père le salut du matin : le buste frappe ses regards, et, cédant à son ridicule penchant, elle le prend, en admire le travail. Dans ce moment même, un domestique ouvre brusquement la porte d'entrée ; le vent, qui souffle avec violence, fait voler en l'air plusieurs papiers, et l'écrit important, lancé vers la cheminée, est soudain réduit en cendres. « Qu'as-tu fait, malheureuse ! s'écrie M. de Montbreuil à sa fille, qui tient encore le buste, qu'elle examine. — Quoi donc, mon père ? — Ton indomptable manie est cause d'une perte irréparable qui va peut-être causer la ruine d'une honnête famille. » Il lui explique, à ces mots, ce que contenait le papier que le feu vient de consumer, et s'abandonne à tous les regrets que lui fait éprouver ce fatal événement.

C'est en vain que Mélina cherche à s'excuser sur l'entrée inattendue du domestique et sur le

courant d'air qu'elle a produit : elle est forcée
d'avouer que c'est cette maudite habitude de porter la main à tout ce qui frappe ses regards qui
lui a fait soulever le buste de d'Aguesseau, dont
l'ombre tutélaire semblait prendre encore la défense de l'opprimé. Elle reconnaît enfin qu'elle a
mis son père dans la position la plus critique où
puisse se trouver un premier magistrat. Elle veut
toutefois partager la souffrance qu'il éprouve;
mais un signe impératif lui ordonne de se retirer. Elle rentre chez elle, inquiète, égarée, et se
livre à toutes les réflexions que faisait naître
une aussi pénible circonstance.

Il lui fut impossible d'aborder son père pendant toute la journée. Le lendemain matin, elle
voulut aller lui offrir ses devoirs accoutumés;
l'entrée du cabinet lui fut interdite. Elle apprit
par le même domestique, complice innocent du
malheur arrivé la veille, que M. de Montbreuil
avait passé la nuit dans la plus vive agitation,
et que ces paroles s'échappaient à tout moment
de ses lèvres tremblantes : « Ne pouvoir plus rendre le dépôt qui m'était confié!... Causer la ruine,
le désespoir d'une honnête famille!... Mélina!...
Mélina!... que tu me fais de mal! » Ces mots,
fidèlement rapportés par le domestique, jetèrent

miss Touche-Tout dans un douloureux abattement. Oh! quel retour elle fit sur elle-même! Avec quelle résolution elle se promit de rompre pour jamais avec cette manie qui mettait son père dans un embarras si cruel! Mais il n'était plus temps: le mal qu'elle avait fait allait retomber sur elle-même.

Cependant l'audience solennelle va avoir lieu. Un nombreux concours de monde s'est formé de bonne heure au palais de justice. L'honnête négociant, placé derrière son avocat, fait remarquer sur sa figure la sécurité de la bonne foi, la certitude de triompher. Son adversaire est plus inquiet, plus agité. Tous les regards se portent sur l'un et l'autre; mais c'est sur le premier que semblent s'arrêter ceux de l'intérêt public. Il est toujours, dans les causes importantes, une espèce de jugement précurseur qui venge l'innocence opprimée; et c'est pour cela qu'on a dit : « *La voix du peuple est la voix de Dieu.* »

Après une longue délibération, dans laquelle avait eu lieu un violent choc d'opinions, les juges reviennent prendre leurs places. M. de Montbreuil est pâle, son regard semble égaré. Il se fait un grand silence, et ce magistrat, si universellement honoré, prononce d'une voix faible et tremblante l'arrêt qui condamne le négociant, et décharge le faiseur d'affaires du payement des cent soixante mille francs. Un murmure sourd et improbateur se fait entendre dans le prétoire. Ce qui surprend et confond l'avocat du condamné, c'est que le président, dans les divers considérants sur lesquels l'arrêt est basé, n'ait point parlé de l'écrit important qui lui avait été confié, et qui devait être d'un si grand poids dans la balance de la justice. Le négociant ne sait lui-même à quoi attribuer un pareil silence; et, comme le malheur rend défiant et soupçonneux, il allait accuser tout haut l'honorable magistrat, lorsqu'un huissier vient lui annoncer que M. le président l'attend dans son cabinet avec son avocat. Ils s'y rendent tous les deux. A leur aspect, M. de Montbreuil dit au condamné, dont il serre la main avec l'expression du regret et d'une profonde estime : « Monsieur, je viens de remplir le devoir sacré d'un magistrat soumis à l'empire de la loi; il m'en reste un autre non moins important que la probité m'impose : je vous attends chez moi demain matin à dix heures avec votre digne défenseur, comme vous sans doute étonné de ma conduite; peut-être ne la blâmerez-vous plus lorsque vous en connaîtrez les motifs. »

M. de Montbreuil se rend chez lui, tout occupé
de son projet. Vainement Mélina lui fait des questions sur le sort de l'honnête négociant, il ne lui
répond que par un soupir douloureux et des regards de commisération. Au dîner, il ne peut
prendre la moindre nourriture, s'absente toute la
soirée et ne rentre que fort tard. Sa fille l'attendait avec impatience, inquiétude ; elle le trouve
moins sombre ; elle sent même qu'il lui presse la
main ; enfin il lui dit d'une voix pénétrante et
d'un ton paternel : « Demain matin, à dix heures, tu sauras tout le mystère. »

Elle se rendit à l'heure indiquée au cabinet de
son père, dont elle reçut un baiser en échange de
celui qu'elle déposa sur son front vénérable.
Bientôt fut introduit le condamné de la veille,
accompagné de son avocat. Ce magistrat les fait
asseoir et ordonne à sa fille de raconter elle-même
avec fidélité l'effet de sa fatale imprudence. Mélina, d'une voix altérée et d'un air confus, apprend au négociant par quel événement étrange
l'écrit important qui, seul, pouvait le faire triompher, était devenu la proie des flammes ; et le
magistrat ajoute alors avec dignité : « Que pou-
vais-je faire, Messieurs, en pareille circonstance ?
Révéler l'indiscrétion de ma fille et l'anéantisse-

ment de l'écrit, c'eût été me donner un ridicule sans opérer une conviction légale ; un titre, en justice, ne peut être combattu que par un autre titre. J'ai donc préféré m'en tenir à l'austérité de la loi, et j'ai eu le douloureux courage de condamner un homme de bonne foi... Mais, comme l'écrit incendié vous eût ramené sans doute un grand nombre de suffrages, et que ce titre unique se trouve anéanti par ma faute ou par celle de ma fille, je vous restitue, Monsieur, la somme qui vous appartient. Voici cent soixante billets de caisse et deux de plus pour les frais du procès auquel vous avez été condamné. Le refuser, ce serait faire le malheur de ma vie, ce serait méconnaître le caractère d'un magistrat qui deviendrait indigne de réprimer les torts de ses justiciables, s'il ne savait pas lui-même réparer les siens. »

L'avocat et son client se retirèrent, après avoir exprimé leur reconnaissance et leur admiration au respectable président. Celui-ci, resté seul avec sa fille, reçut d'elle la plus vive approbation du sacrifice qu'il venait de faire. Mais elle n'en mesurait pas encore toute l'étendue. En effet, ces cent soixante mille francs absorbaient la fortune entière de M. de Montbreuil ; il ne restait plus à Mélina que celle de sa mère, devenue très-modique par des pertes imprévues. Il fallut donc s'imposer de pénibles privations. M. de Montbreuil, pour soutenir son rang de premier magistrat, fut forcé de faire de grandes réformes dans sa maison. Mélina n'eut plus de femme de chambre, et se vit obligée de vaquer elle-même à l'entretien du linge, à tout ce qui composait sa toilette. Plus de maître d'anglais, de harpe et de dessin; plus de riche parure et de voiture à ses ordres. Il lui fallut aller à pied et paraître simplement vêtue dans les cercles nombreux où jusqu'alors elle s'était montrée si brillante. Blessée de la froideur des uns, piquée des plaisanteries mordantes des autres, elle se retira tout-à-fait du monde, et se vit réduite à un isolement dont son amour-propre eut beaucoup à souffrir.

Ce fut alors qu'elle connut toute l'énormité de sa faute; ce fut alors qu'elle sentit combien peut devenir dangereux et funeste un défaut qui nous paraît léger en apparence, et dont nous négligeons de nous corriger. Jeune fille, qui ne croyez pas que la manie la plus simple puisse avoir de fâcheux résultats, et qui riez de pitié lorsqu'on vous en avertit, voyez la pauvre Mélina, bonne au fond et seulement étourdie, presque ruinée, possédant à peine le strict nécessaire à la mort de l'auteur de ses jours, isolée, rongée de remords, sans consolations peut-être... N'oubliez pas *miss Touche-Tout.*

FIN.

TABLE.

Le père Daniel.	8
La Souris blanche.	15
Le comité des Bergères.	24
La Robe de guingamp	37
Le jeune Pêcheur.	50
La Noce de village.	63
Ressource en soi-même.	77
Le Lait d'ânesse.	97
Le bateau de Saint-Cyr.	109
Le tableau de Fénelon.	123
Le château de Chenonceaux.	135
Les deux Orphelines.	150
Le produit d'une Gerbe.	161
Une Mère.	177
La chaumière de la Veuve.	191
Les Devoirs de l'hospitalité.	203
Miss Touche-Tout.	219

FIN DE LA TABLE.

Limoges. — Imp. E. Ardant et Cie.

Original en couleur

NF Z 43-120-8

www.ingramcontent.com/pod-product-compliance
Lightning Source LLC
Chambersburg PA
CBHW061438030726
47503CB00005B/1475